그녀 이름은

彼女の名前は

조남주

チョ・ナムジュ

訳

小山内園子

すんみ

筑摩書房

目次

第3章　はあちゃん、けんきでね

第4章　たくさんの先が見えない道のなか　かすかな光を私は追いかけてる

＊短い訳註は文中の割注に、長い訳註は見開きの左ページにあります。
＊一万ウォンは約千円

装丁　名久井直子
装画　樋口佳絵

彼女の名前は

그녀 이름은
HER NAME IS
By Cho Namjoo　조남주

Original Korean edition published by Dasan Books Co., Ltd.
Japanese translation rights arranged with Dasan Books Co., Ltd.
through BC Agency and Japan UNI Agency.

This book is published under the support of
Literature Translation Institute of Korea (LTI Korea).

本書は、韓国文学翻訳院の助成を受けて刊行されました。

はじめに

九歳の子から六十九歳のおばあさんまで、六十人余りの女性がみずからの物語を語ってくれました。その声が、この小説の始まりでした。心から感謝いたします。上気した顔、いつも途切れがちだった言葉、こぼれそうでいながら最後まで落ちることのなかった両目いっぱいの涙を、忘れません。

書いている過程よりもお話を聞いている過程のほうが、楽しく、つらく、苦しいものでした。印象的だったのは、多くの女性たちが「わざわざお話しするほどのことでもない」「私なんか大したことない」と言いながら、淡々と言葉を紡《つむ》いでいたことです。よくあることではあっても明らかに大変なこと、ときには特別な勇気や覚悟、闘争を必要とする出来事もありました。たとえそうでなくても、物語自体に意味があります。特別ではない、大したことのない、そんな女性たちの人生がもっと知られ、記録されたなら。ページを繰りながらみなさんの物語も始まることを信じています。

二〇一八年春　チョ・ナムジュ

第1章
それでもずっと、ときめきつづけていられる

二番目の人

二十代後半のソジンは、ある公共機関の地方事務所に勤めていた。

その人は、ソジンの直属の先輩だった。中途採用とはいえ新入社員だったため、職場の「メンター制度」にしたがって十歳年上の係長であるその男性がソジンのメンターになった。係長は、社員食堂にはあきあきだと言って、よくソジンだけを外に連れ出したが、昼間だしお酒の席でもないんだしとソジンも気軽に応じていた。仕事の話がほとんどで、プライベートの話題といえば係長がこぼす結婚生活への愚痴ぐらいのものだった。その頃まではなんの問題もなかった。ある夜のこと。飲み会のあと、「タクシーで送ってやる」という係長の言葉に同じ車に乗り込んだときからすべてが始まった。後部座席で、係長はソジンの体に触れてきた。やめてくださいと言って車を降り、逃げるようにして家に帰った。それ以来、係長はソジンの化粧や服装にいろいろ口を出すようになり、パソコンのモニターや資料をのぞきこみながら、メモをしながら、会議の最中も、ソジンの手や肩、腰のあたりにそっと手を伸ばしてきた。次第に冗談の域を越え、仕事以外の時間にも会いたい、顔が見たい、君と特別な仲になりたい、としょっちゅう連絡をよこすようになった。もう我慢の限界だと感じたのは、入社から六カ月が経った頃だった。

まず課長にメールを送って状況を説明した。証拠を残さなければと思ったのだ。課長の返事は、決して隠蔽するつもりはないが、現実的に係長を懲戒処分《ちょうかいしょぶん》にしたり配置転換するのはむずかしい、ソジンのほうが部署を移れるよう取りはからってやろうというものだった。そうしてもらおうかとも思った。だがどう考えても、被害者が部署を追われるのは間違っている。法的措置とまではいかなくても、会社として何らかの懲戒処分を下してほしかった。とはいえ、大事《おおごと》になれば、自分もこれまで通り勤め続けることはできないかもしれない。いろいろ悩んだ末、係長を異動させてほしい、課長に直接会ってきちんとお話ししたい、とメールを送った。しかし、事はソジンが予想もしないほうへと進んでいった。

課長からの返信はなかった。ソジンはさらに二回メールしたがそれでも返事はなく、電話にも出てもらえなかった。お話ししたいことがあると直接課長の席に行っても、先約があるからとそそくさと立ち去ってしまう。あとになってわかったことだが、その間、課長はまず係長を呼び出してソジンのメールを見せ、真偽のほどを確かめていたという。どんなやりとりがあったのか、詳細はわからない。係長が自分のやったことを認めず、ソジンについて否定的なことを言ったのだろうと想像するばかりだ。

係長がオフィスの真ん中で、大声で、ソジンを罵倒《ばとう》するようになった。こなしきれないほどの仕事を振り、指示をころころ変える。意見を言ったり質問したりしようものなら、仕事をしたくないってことかと声を荒げる。挨拶がない、電話に出るのが遅い、不愉快な目つきをしたと言っては怒鳴りちらした。トイレでこっそり泣いていると、係長と同期の女性の先輩と出くわした。先輩は赤い目をしたソジンの背をそっと叩き、トイレに二人しかいないことを確かめた上で、二つのことをするよう忠告してくれた。録音して記録を残すこと、告発するときも会社を辞めないこと。助けが必要になったら連絡をちょうだいとも言ってくれた。ソジンは細かい業務日誌をつけ、報告書の提出で係長のところへいくときは携帯電話で録音した。そして、正式に人事部に告発した。

すぐに詳細調査の日程が決まった。言われた時間に会議室へ行くと、係長と課長、そして人事部長という三人の男性がすでに着席して待ちかまえていた。課長が、係長は少し後輩に厳しくあたるところがあるから、それでソジンも苦労したのだろうと切り出した。係長はソジンが前の会社で社内恋愛をしていたこと、その会社を退社後、行政に訴えて未払い賃金を支払わせたことなどを唐突に持ち出してきた。人事部長が、お互いに行き違いがあったのだろう、きちんと話し合って和解するようにとソジンを諭《さと》そうとした。その場では反論することも、席を蹴って部屋を飛び出すこともできなかった。係長と同じ席にいるというだけで萎縮していたし、他の二人は係長の味方のような気がしたのだ。とりあえず、わかりました、考えてみますと答え、調査は終わりになった。幸い先輩の助言通り、それらはすべて録音することができた。

妙な噂が流れていると教えてくれたのは同期だった。顔を合わせれば会釈ぐらいはするが、個人的に連絡をとったり会ったりしたことは一度もない同期が、電話をかけてきた。誰かが意図的にひどい話を広げているみたいだから、迷った末に連絡をしたのだという。その噂で、ソジンの元恋人は妻帯者に変わっていた。しかもソジンが先に誘惑して家庭を壊し、それが会社の知るところとなると、二カ月ほど無断欠勤したあげく、行政に訴えて給与までぶんどったということにされていた。手がぶるぶる震えた。同期はためらいがちにこうつけ加えた。今度のことも、ソジンが意図的に係長に近づいて、だまっているかわりに昇進とソウルへの異動を要求したことになっているよ、と。

眠れず、食べられず、道を歩いていても突然涙がぽろぽろ流れてくるようになった。周りに避けられているような気がし、それが自分の妄想ではないかと思うと余計つらくなった。ソジンは人事部を訪ね、和解するつもりはないと伝えた。係長のしていることは明らかに性暴力である、反省するどころか職場での地位を利用して圧力をかけ悪意のいやがらせをしている、と彼の懲戒と隔離を求めた。人事委員会が開催され、ソジンは日記やメモ、係長とのメールのやりとり、録音の起こしまですべての資料を提出した。だが結果は「社内の美風良俗を傷つけた」という理由で両者ともに三カ月減俸という懲戒処分だった。ソジンは再び行政に相談し、職場での性暴力を訴えた。

課長がソジンを呼び出して叱責《しっせき》した。わかるように言ってやったのに、そこまでしないと気がすまないのか。社会人失格、頭がおかしい、サイコパスとも口にした。これも録音しているのかと言い、録られてるかと思うとおそろしくてキミとは話もできないなと皮肉った。ソジンの目の前で係長をねぎらいもした。なんでまたこんな面倒くさいのに引っかかったんだろうな、運が悪かったんだよ、犬のフンを踏んだと思えばいい……。誰もソジンに話しかけてこなくなった。どんな仕事も回してもらえない。出勤の道は地獄だった。会社に来ただけで体が張り裂けるのではないかと思うほど激しい動悸がし、ある瞬間ドクンと心臓に違和感が走る。口を大きな手で塞がれたように息が苦しくなることもあった。ソジンはパニック障害と診断され、会社を休んだ。係長は以前と変わらず出勤していた。

昼となく夜となくひとりで酒を飲み、毎日涙を流した。病院からは酒と薬を一緒に飲んではいけないと言われていたが、二つのうちどちらか一方でも欠けると耐えられなかった。両親は、おまえのせいじゃない、ちゃんと問題を提起して偉かったと言ってくれた。そして、酒に溺れ自暴自棄になることも短期間ならかまわない、ただあまり長引かせないで、と懇願した。そんな両親のためにも壊れてはいけないと思うようになり、それからは一滴も飲まなかった。会社を辞め旅行にでも出かけようか、別の場所で別な仕事をして暮らそうか、これを機に前々からしたかった勉強をしてみようか。いくつかの選択肢に悩んでいたとき、行政に出していた訴えの結果が出た。加害者に懲戒処分を命じるという内容だった。だが会社は最後まで従わず、ソジンは、勝とうが負けようがこの闘いを早く終わらせるべきだと考えた。

ふと、勤め先や学校、サークルといった大小さまざまの集団で性暴力を告発する文章を目にしていたことを思い出した。告発文を読みながら、自分も同じ目に遭っていたはずのその暴力を当時は認識することができず、あるいは傍観しているだけだった。オンライン署名もしたしわずかな募金もしたが、関心を持ち続けられなかった。あれからどうなったのだろう。調べてみると、きちんと対価を支払った加害者はほとんどいなかった。被害者たちは暴露という最後の手段を選び、名誉毀損《きそん》、侮辱、誣告《ぶこく》罪などで逆に訴えられ、厳しい闘いを続けていた。

それを知った上で、ソジンはネットの掲示板とSNSで、事件の経緯から会社の措置まですべてを暴露した。ここまでに制度、規範、常識のどれか一つでもしっかり働いていたなら、そんな方法をとることはなかっただろう。録音をするよう助言してくれた先輩に連絡を入れると、同じ理由で退社した元社員を説得し、引き合わせてくれた。先輩と、同じ部署の社員一人が、係長のセクハラを目撃したという陳述書を書いてくれた。ソジンの書き込みはまたたくまに拡散され、記事になった。ある女性団体とつながることができ、信頼できる弁護士を紹介され、会社と加害者を相手取って民事と刑事の裁判手続きにも入った。顔や声を隠してではあったが、直接メディアのインタビューにも応じた。

ソジンの個人情報は晒《さら》され、インタビュー記事が出るたびに悪質な中傷がネットに書き込まれるようになった。記者をしている大学の同窓生がどう番号を調べたのか電話をかけてきて、少し不機嫌に答えたところをそのまま録音され、ニュースにされたこともあった。そんなさなか会社側からは和解を持ちかけられ、一方係長からは告訴を準備中だと告げられた。決して後悔していないといえば嘘になる。毎日、どの瞬間も後悔していた。ブラシをいれるたびに髪がごっそり抜け、食べ物を口にしただけで吐いてしまい、点滴と栄養剤でしのいでいる。もしやよからぬ事を考えるのではないかと、母親は毎晩ソジンのベッドの隣に布団を敷いて眠っている。弁護士に、先輩に、家族に、今からでもやめたほうがいいだろうかとソジンはよく訊いてしまう。被害に遭った当事者の気持ちが一番大切だ、あんまりつらいようならここでやめたっていいのだと誰もが答えるが、当のソジンが、そうすることができないでいる。

同じように係長のセクハラを受け退社した元社員は、ソジンと顔を合わせるなり、ごめんなさいと言った。あのとき私が黙ってやり過ごしていなければ、あなたを同じ目に遭わせることはなかったのに。そう自分を責めていた。もちろんソジンは彼女を恨んではいない。だが、黙ってやり過ごす二番目の人にはなりたくはなかった。三番目、四番目、五番目の被害者を作るつもりは、ない。

ナリと私

私が一番かわいがっている後輩のナリは二十六歳、二年目の放送作家だ。

〈ティロリン〉

ナリの携帯が鳴る。大勢が仕事をしている場所でなぜマナーモードにしておかないのか、はじめは理解できなかった。いつだったたか、ナリが突然食事の途中で手を止め、大慌てで電話をかけて、「すいません。呼び出し音に気がつかなかったもので」と謝っている姿を見て、はたと気がついた。連絡がつかない、ということがあってはならない時期なのだ。私もそうだった。出演者、ディレクター、先輩の放送作家からの不在着信に気づくと心が凍ったものだ。わざと明るい声でナリに言葉をかけた。

「合コン男?」

「まだ合コンできてないので、正確には合コン予定男、ですかね」

ナリは彼と一カ月ほどメールのやりとりをしているが、まだ会えてはいない。ナリのほうから二回、キャンセルしたそうだ。やたら出演交渉が難航し、ようやく決まった出演者にも収録前日にドタキャンされた週。もともとはその週の土曜に合コンの予定だったのだが、ナリと私はしばらく家にも帰れず週末もない、さんざんな目に遭った。ナリは私をまじまじと見ると、突然こう言った。

「先輩、私、結婚できますかねえ?」

「なんで? 結婚したいの?」

「必ずしもそういうわけではないですけど、最近、考えちゃうんです。合コンする時間さえないのに、恋愛や結婚する時間があるのかなって。普通に暮らすって、どういうことなんでしょう」

やりたい仕事をして自立し、しんどいけれど大学院にも通って勉強を続け、ぐうたらな猫二匹と暮らす今の自分の暮らしを、私はかなり気に入っている。でも、ナリのいう「普通の暮らし」というものを経験したことはなかったから、どう返事をしたらいいかわからなかった。

ナリは、オーディション番組の生放送に応援で派遣されてきた一番若い放送作家だった。業界で言う「使える」ところが気に入り、私が今やっている料理番組に引っ張った。いまさら料理番組もないかもしれないけど、一度ぐらい経験しておくのは悪くないよと説得したのだ。有名人のオリジナルレシピを紹介するという触れこみの番組だが、実は特別なレシピの持ち主なと皆無に等しい。出演者は出演者で別個に交渉し、レシピは、調理法から栄養バランス、ぴったりの副菜まですべてナリがリサーチする。思うように準備が進められればそれだけでもかなりラッキーだ。出演者のなかには、自分の食べたかった料理や高級食材をオーダーしてくる輩《やから》もいて、今回の医師がまさにそれだった。

　最近タイ料理にハマっているから絶対タイ料理でなければ、という。ナリは番組が頼んでいる料理研究家にアドバイスをもらい、アサリ入り海鮮フォーと揚げ春巻きのサラダを用意した。収録の三日前には確かに台本とレシピをメールしたはずなのに、医師は当日の打ち合わせになってはじめて、メニューへの不満を口にした。

「どうしてなんの面白みもないフォーなんですかね？　それを僕のオリジナルレシピだって紹介するのは、プライドが許さないなあ」

　たくさんの人が参加する打ち合わせの場で、よりによって彼はナリに向かってそう言った。その場で一番発言力のない人間。かばったほうがいいだろうか。それとも、ナリ自身に解決の機会を与えたほうがいいだろうか。迷っていると、ナリが口元をわなわなさせながら言った。

「アサリが、入りますので。韓国人の好みに合わせて。視聴者には、新鮮で身近なレシピに感じられると思います」

「だーかーら！　カルグクスでもないのにアサリってなんなんだよ（カルグクスは韓国風うどん。なかでも、アサリの入ったアサリカルグクスが有名）。これじゃあ人にバカにされますよ」

　ナリは言葉が続かなくなり、結局私が割って入った。

「先生みたいにクールなイメージの方がエプロンをつけたら、ただ立っているだけでも素敵なんです。とにかく絵になりますからね。メニューなんて二の次ですよ」

　この年齢、この年数になっても、四の五の言う出演者を説得する一番の方法は、ゴマをすって機嫌を取ることだった。何をしているんだろうと思うこともあるが、私だってやっぱり、収録準備がすっかり整ったものをおじゃんにはしたくない。なんとか彼をなだめて収録をスタートすると、今度は水が出なかった。スタジオで調理することが増えたため、放送局は厨房付きのスタジオを別に作ったのだが、簡易設備のせいかたまにトラブルが起きる。ＦＤ《フロアディレクター》はセット担当者のもとに走り、私は既に下ごしらえが終わっている春巻きを揚げるシーンから撮ろうと収録の順番を変更した。ナリは大慌てでフライパンに火をつけ、油が温まるまでのあいだに出演者のキューカードへ修正内容を書きこんだ。

　アクシデントは日常茶飯事だった。ガスや水道にトラブルが起きることもあれば、収録当日になって急に食材が届かないこともある。調理時間が予定より長引くケースは数えきれない。そうなると、私は構成や収録順を変え、そのあいだにナリが追加の交渉や小道具の準備などを手早くこなす。

　収録中は必ずスタッフの反応をうかがうことにしている。彼らが最初の視聴者だからだ。いつもの通り、カメラマンも出演者たちもいくつかのポイントで笑い、興味深げに身を乗り出し、舌なめずりをしていたが、ナリはぼーっとしていた。収拾のためにあちこち駆けずり回っていたから、ホッとして何も感じられないのだろう。メニューが納得できないと息巻いていた医師は、アサリがいっぱい入ったフォーをひたすらかき込んでいた。

スタッフルームに戻り、インスタントコーヒーを一杯飲んだ。体はくたくただしコーヒーは温かいしでうっかり寝そうになったところに、スタジオの撤収を終えたディレクターが一足遅れでやってきて、ナリに言った。

「ナリ、俺にコーヒー頼むわ。わかってるよな？　スティック二本分の濃いヤツね」

普段は、お茶くみを含めどんな個人的な用事も放送作家には頼めないことになっていた。打ち合わせ資料もメールでやりとりし、各自でプリントアウトする。なのに、収録に手こずった日に限って、ディレクターはナリにコーヒーを淹れるように言うのだ。自分のコーヒーは自分で、と言いたいけれど、疲れてピリピリしている人に苦言を呈するのもためらわれた。

私がこの仕事を始めたころも、一番下の放送作家がディレクターやメインの放送作家の使いっぱしりをさせられるのは当たり前だった。昼食に出たついでにサンドイッチを買ってこいと言われる。せっかくだからとお気にいりの店のサンドイッチを買ってくるよう言われる。その流れで、修理に出してある靴もピックアップさせられる。図書館まで行って論文に必要な文献を借りてきてと言われたこともあった。そんな雰囲気が変わるまでには本当に長い時間がかかったけれど、実は今でも完全になくなったわけではない。たかがコーヒー、されどコーヒー。いつまでこんなことで悩まなければいけないのだろう。

いまだに、多くの放送作家が契約書の一枚も交わさず、仕事の中身も、労働時間も、報酬金額も、何ひとつ知らされないまま仕事にとりかかる。突然番組が打ち切りになったり、組織の改編で解雇されたりした場合の救済措置もない。具体的な条件を確認し、合意した上で仕事をしようとすれば、やる気のない作家だとレッテルを貼られてしまう。新しい番組に誘われたナリが給料を確認したところ「お前は金を稼ぐために仕事をしているのか?」と非難されたそうだ。週七日勤務で徹夜がザラのナリの月収は百二十万ウォン。交通費や飲食代の補助もない。

「ナリさあ、あたしたち、マジでおいしくて、有名で、高いタイ料理を食べに行こ。二人で打ち上げしようよ」

同じように疲れ、同じように気を遣い、だからよけい傷ついたはずのナリの気持ちをリフレッシュさせてやりたかったが、結局はタイ料理屋に行けずじまいだった。ナリの仕事が終わらなかったからだ。アシスタントディレクターと粗編集をしたあと、家に帰って着替えだけしたら局にとんぼ返りして明日の収録の準備をするんですと、ナリは淡々と言った。本来なら収録は週に一度で何日かあいだが空くはずなのだが、出演者の都合で二日連続の収録になっていた。タクシー代が苦しいから仮眠室でちょっと横になり、始発のバスで家に戻るというナリに、私は一万ウォン札を数枚握らせた。

「いいから。タクシーで帰りなよ」

果たしてこんなふうでよかったのかなと思う。先輩が同情して食事をおごったり、タクシー代を出したぐらいで解決できることじゃないのに。

仕事はとてもおもしろい。ロケ現場の雰囲気をすべて電波に乗せることはどうしたってできない。テレビの仕事で出会う人は大体がエネルギッシュで、そういう人が発する躍動感や活力や興奮を経験すると、中毒みたいになってやめられない。スケジュールはいつもキツキツ、職場環境も劣悪だが、一回一回放送にこぎつけるたび、言葉にできない満足感が得られる。おそらく私もナリも、この仕事をやめられないだろう。ただ、おもしろくてやりがいのある仕事にそれ相応の報奨が与えられたら、どんなにいいだろうかと思う。

私だってそうだったんだよ。あたしたちの頃はもっとひどかったんだから。そんなことを言う先輩にはなるまいと、心に誓った。でもそれだけでは足りない。言ってはいけないことを言わない人で終わらず、言うべきことを言える人にならなければ。自分が今日のみ込んだ言葉、自分しか言ってあげられない言葉について、考えている。

彼女へ

両頬がピンク色に染まっていた。ミニのテニススカートにニーソックス姿で軽く肩を上下させたかと思うと、今度は振り返ってカメラにお尻を突き出す。その間、決して笑わない。不愛想な表情にジュギョンは、欲望、意志、抵抗、後悔、疲労を読み取った。顔にかかった髪をサッと右手でかきあげる。ふほぉー。ジュギョンは思わず大きく息を吸いこんだ。ほんの少し息をしなかっただけで、心臓が止まりそうだ。

一瞬だった。体を抜け出してさまよっていた魂が帰るべき場所へとたどり着いたように、スーッと、入りこんできた。その無表情に、乱れる髪に、節《ふし》の太い指に、心奪われた。

バラエティ番組や何かで、感極まった場面を爆竹のイラストで表現する演出を見かけるたびに、ジュギョンは、笑ってやるのがお約束のベタなB級ユーモアみたいだと思っていた。ところが今、その爆竹が心臓を中心に左の胸、あばら、みぞおちの辺《あた》りをくすぐって、パチンパチンパチーン、パン、パーンと炸裂していた。はじめはパチパチキャンディーを一気食いしたぐらいだったのに、すぐに漢江《ハンガン》で眺めた豪華《ごうか》絢爛《けんらん》な花火レベルにスケールアップした。だね。確かに人の心の中でも、爆竹ってはじけるわ。ジュギョンは精一杯冷静を装って、隣で寝っ転がっている妹に訊いた。

「新人なの?」

「この子たち? ううん。だいぶ経つよ。なんて名前だっけなあ? 最近やたら似たようなグループが多いから」

曲の最後に曲名とグループ名の字幕が出た。ジュギョンはポケットからスマホを取り出すと、妹から画面が見えないように体の向きを変えて座り直した。なぜだか気持ちを読まれたくなかった。グループ名を検索すると、メンバー六人の画像が順番に現れた。ジュギョンはぷるぷる震える指で彼女の画像をタップした。

名前は、ウォン。生まれた年に身長、体重、所属事務所、学歴、受賞歴とあり、SNSのアカウントとリンクしていた。SNSに飛ぶと、ステージ直前の自撮り画像がたったの二枚だけアップされていた。だが、日付と場所以外特にコメントもない。口数の少ないタイプなんだ。既に四年前にデビューしていて、いろいろな賞も受賞していて、メンバーにもまったく見覚えがないわけではなかった。なのに、どうして今までウォンに気づかなかったのだろう? なぜこのグループが目に留まらなかったんだろう? 不思議だったが、どんな関係にもタイミングというものがあるのだということにした。今こそまさに、その運命の瞬間なのだ。

約束があるといって妹が出かけてしまうと、ジュギョンはスマホでウォンの出演番組を検索しはじめた。サビなら口ずさめるような聞き覚えのある曲が多かった。ああ、この曲ウォンが歌ってたんだ。これがウォンの声か。またもや胸がときめいた。

いくつかのバラエティ番組は前に見ていたものだったが、そのときは意識していなかったウォンの仕草に目がいってしまう。他のメンバーが話すと前のめりになって一生懸命聞くところがいい。テーブルの上のミカンに手を伸ばし、ひとりで食べているところもいい。口を隠さずにワハハハと笑うところも、男性出演者の中から理想のタイプを選べと言われて「いません」ときっぱり答えるところも、女同士でライバル意識はありませんかという質問に「ないです」と短く返すところもいい。

朝が来た。一晩中左を下にして寝ながらスマホを見ていたせいで、顔の左半分がややむくんでいた。妹が無断外泊したことも朝になってようやく気がついた。午後にはバイトが二つも入っている。ジュギョンはアラームを設定してから妹に「起こすな」とメッセージを送り、もう一度布団にもぐりこんだ。YouTubeでウォンのパートだけ集めた動画を見つけ連続再生していたら、夢でもウォンの声が聞こえてきた。夢のなかでジュギョンは、どこか知らない坂道をウォンと一緒におしゃべりしながら登っていた。ウォンはワハハハと笑い、ジュギョンは手で口を隠して笑った。

ファンサイトに会員登録し、スケジュールを確認し、ウォンがファンに宛てて書いたメッセージをチェックした。特別なことは書かれていなかった。一位になれるようたくさん投票してくれてありがとう、新しいドラマに出ることになった、寒いから体に気をつけて、的な話……。

ちょうど、四期目のファンクラブ加入者を募集中だった〔韓国のファンクラブのほとんどは新会員の募集時期が決まっており、その時期を逃すと加入することができない〕。加入すればサイン会や音楽番組の公開収録に参加する応募資格が与えられ、コンサートのチケットを優先的に購入できる特典もあるという。ジュギョンは喜んで入会費を払った。数日して、家にフォトアルバムとペンライト、グループ名とロゴが入ったタンブラーが届いた。ファンクラブの公式グッズだが、それをよりによってジュギョンのアルバイト中に妹が受け取ってしまった。

「なによ？　お姉ちゃん、ガールズグループが好きなの？」

箱を手渡す妹の口角が、右上にフッとつり上がった。妹は高校のあいだずっと、あるアイドルグループのファンクラブの支部長を務めていた。地元で彼らのコンサートがあれば空港からの移動経路にしたがって屋外パネルに大歓迎の広告を打ち、他の地域のコンサートには近隣のファンが団体で移動できるよう観光バスをチャーターする。ドラマや映画のロケ現場にケータリングの車を送り、花輪を出し、タイミングに合わせて誕生日プレゼントも届けていた。ジュギョンはすっかり呆れて眺めていた。そんな面倒を買って出る妹のことも、妹を信用してお金を振り込む子たちのことも。

地方はコンサートや展覧会ができるインフラが不足している、文化資源がソウルに一極集中している現状は深刻だし、既に首都圏を中心に形成された既存のファン文化がうんたらかんたら……と言いながら妹は必死に勉強し、ソウルにある大学に合格した。おかげで成績が相当上がったから、家族とすれば結果オーライだった。いざソウルに上京すると、妹は大好きだったはずのアイドルへの想いが醒めてしまったらしい。

ジュギョンは今、その妹が歩んだ道をおずおずと進んでいるのだ。屋外ステージのときに差し入れるお弁当のお金だってとっくに振り込んだ。普通にご飯とおかずのメニューだったら賛同しなかっただろう。なんと、アワビ参鶏湯《サムゲタン》を保温容器に入れ、アツアツの状態で届けるというのだ。日が落ちるとまだ寒いし、おまけに衣装はものすごい薄着だし、ウォンにはせめて食事だけでもしっかりとってほしい。妹もこんな気持ちだったんだなあと思った。

その妹は、つり上げた口角をなかなか元には戻さなかった。お姉ちゃんも芸能人好きなんだ、と聞いてくるだろう。今さらファンごっこやってるの、と言われるかもしれない。なんでよりによって女性アイドルなのよ、とも。どう切り返せば妹を黙らせることができるか頭を巡らせていたが、妹の口から出てきたのは意外な質問だった。

「お姉ちゃん、カレシさんは知ってるの？」

たしかに、今は心まるごと、精神も愛情もどれもこれもがウォンに向かっている。だからといって彼氏がキライになったとか関心がなくなったとかいうのとは違う。それとこれとはまったく違う気持ちなのだ。トッポギが好きだと映画を好きになれないわけではない。ヨガを習うからといって美術館に行かないわけではない。ウォンに対する感情と彼氏への感情を同じ土俵で語る妹が、理解できなかった。ところが、彼氏の反応も同じだった。

「おまえ、女が好きなの？」

「あたしはウォンが好きなの。女が好きなんじゃなくて、ウォンが好きなんだってば」

「なるほど。おまえはウォンだかドルだか知らないけどソイツが好きだ。そしてソイツは女だ」

「あたしはウォンに恋愛感情みたいなものを感じてるわけじゃないよ」

「じゃあなんなんだ？　友情か？　芸能人とファンって友情が生まれる関係じゃないよな」

「でもつきあう仲でもないでしょ。それにそっちだって、サッカー選手の誰だっけ？　とにかく、男の選手が好きじゃない。こないだの選挙のときに、あたしたちがほとんど追っかけみたいに応援してた候補だって男だよ。尊敬することもあるし、マネしたくなることもあるし、自分に似たものを感じることだってあるし、ただ、ただわけもなく好きになることだってあるんだよ。男でも女でも」

説得が功を奏したのかあきらめたのか、彼氏は何も言わなかった。

ファンサイトに、公開番組の観覧者募集のお知らせがアップされた。それがどれほど熾烈《しれつ》な争いかも知らずにのんびり構えていると、とっくに締めきったという告知だけを眺める羽目になった。

次に事前収録の観覧者が募集されたときは、あらかじめサイトにアクセスしておいて速攻で申し込み、定員にもぐりこんだ。朝早くに放送局に出かけて一時間の入場チェックを受け、二時間以上待たされた。屋根ひとつ、柱ひとつない完璧な路上で吹きすさぶ冷たい風にさらされていると、すべての過程が厳しい修行か何かに思えてきた。そんなこんなで一曲きりのステージを観覧した。それは、いわば神の降臨。メンバーたちは収録の合間もたえずファンに声をかけ、質問に答えていた。ジュギョンが「ウォンちゃぁん！」と叫ぶと、ウォンがふりむいて手を振り返してくれた。踊りの途中、明らかにジュギョンに向けて指で作ったハートを飛ばしてもくれた。家に帰ると体中がズキズキ痛み、熱が上がり、ジュギョンは丸二日寝込んだ。

CDも十枚は買った。アルバム購入者の中から抽選でサイン会チケットをプレゼント、というので、ありったけの小遣いをつぎこんで確率を上げたのだ。当選はしなかった。同じCDを十枚持っていても仕方がないので、友達に分け、家庭教師をしている生徒にもあげ、彼氏にも渡した。いまどきCDなんて聴くヤツいるかよと彼氏は面と向かって嫌みを言ったが、翌日、思ったよりいい曲だったと感想を口にした。

月曜日の朝、いつもどおりファンサイトに一週間のスケジュール表がアップされた。なんと、水曜日の午前にジュギョンが大嫌いな番組の収録が入っていた。「スター☆カムバックショー」。新しいアルバムを出した歌手、映画の封切りやドラマの放映を控えた俳優にとって、避けては通れない関門だ。ものまね、特技、コスプレ、コント、愛嬌ポーズ【訳注1】、かくし芸、タメ口本音トーク……とにかく、ありとあらゆる下品で幼稚な真似をさせ、嫌でも嫌と言えないくらいゴリ押しをする番組なのだ。特に女性の出演者となると必ずといっていいほど年上の男性とカップルを組ませる。もう、なんでこんなのに出んの？　どうしても出なきゃダメ？

ジュギョンは、番組を選んで出演してほしいとサイトに書きこみをした。かなりの数の同意コメントがついたが、事務所からは特になんの反応もなかった。どうやら毎日サイトをチェックしているわけではないらしい。事務所に電話した。ずっと話し中か呼び出し中で、二時間ほど電話にかじりついてようやく担当スタッフとつながった。だが、わかりました、伝えておきます、と無責任な返事をされただけで切られてしまった。

その日の午後、ウォンのラジオの生放送の時間に合わせ、ジュギョンは放送局に足を向けた。しかしメンバーたちが地下駐車場からまっすぐスタジオ入りしたため、ロビーで待っていたファンは空振りになった。ジュギョンは放送局の屋外の階段に出るとスマホのアプリでラジオを聴き、バンの出入りが可能な駐車場の西ゲートあたりに移動して再びメンバーの車を待った。ぽつりぽつりと出てくるバンのうち、一台の窓がすーっと開いたかと思うと、いきなりウォンが顔を出して軽く手を振った。とっさにジュギョンは叫んだ。

「「スター☆カムバックショー」には出ないで！　「スター☆カムバックショー」に出ちゃだめえ！」

はたしてウォンに聞こえたのかどうか、車はあっというまに走り去った。

【訳注1】愛嬌ポーズ　芸能人がファンサービスのため、指でハートを作る、頬を両手で押さえる、猫のような手つきをする、などのポーズをとること。特に女性アイドルの場合、愛嬌ポーズをすることが半《なか》ば強要されることがあり、性の商品化との指摘もある。

ウォンが「スター☆カムバックショー」に出るのが嫌なあまり、勉強も進まずバイトも手につかなかった。月曜日も、火曜日も、ほとんど眠れなかった。いよいよ水曜日、スケジュールに変わりはなく、ジュギョンはアルバイトの時間を変更してまで放送局で待ち伏せを決行した。そこは地上の駐車場に車を駐《と》め、ロビーを通ってスタジオ入りする構造だったから、一瞬でもウォンの顔を拝めるはずだった。

悩みに悩んだ。放送局の入り口に寝そべろうか？　足首にしがみつこうか？　番組のセットに火をつけようか？　そうしているうちに見覚えのあるバンがやってきた。車から降り立ったウォンとメンバーをすぐさまボディガードが取り囲み、ジュギョンの頭ほどもある大砲みたいなカメラがしきりに割り込んでくる。ジュギョンは修羅場から押し出されては後を追い、押し出されては後を追いしながら、ずっとウォンの名前を叫んでいた。いまさら出演を止めることはできないだろう。でも、だからといって、このままに見過ごすわけにはいかない。

「ウォンちゃ～ん！　こっち見て！　ウォンちゃん、ウォンちゃん、伝えたいことがあるんだってばあ」

メンバーはボディガードに守られながらロビーを過ぎ、警備員の立つ出入口手前まで進んだ。あのドアを越えてしまったら、これ以上ついていくことはできないんだ、話せないんだ、呼びかけられないんだ。気持ちが折れそうになったそのとき、ウォンがピタリと立ち止まってジュギョンの方を振り返った。ジュギョンは下っ腹に力をこめ、腹から胸、声帯へと最大音量を絞り出すようにして叫んだ。

「愛嬌ポーズはしないで！　ウォンちゃん、お願い、愛嬌ポーズしないで！」

ウォンはにっこり笑った。


ジュギョンは「スター☆カムバックショー」が放送されているテレビの前に、背筋を伸ばして座っていた。ウォンとメンバーは近況を話し、歌をうたい、振り付けを紹介し、よくあるものまねをしている。うんざりする気持ち半分、心配半分で見ていると、とうとう司会者の一人が言った。

「さあ、そろそろ愛嬌ポーズ、一回いってみましょうか？」

ジュギョンの心臓は張り裂けそうだった。拳をギュッと握りしめてつぶやく。するな、するな、愛嬌ふりまくな。

「まずは、最年少のウォン！」

ジュギョンは目をぎゅっとつぶって耳を塞ぎ、あわわわーっと叫んだ。何も聞こえなかった。目を強くつぶりすぎたせいか、眼球がずきずきして目の前が真っ暗になり、小さな光だけがチカチカする。宇宙の真ん中に漂っているようだ。どこまでも真っ暗な宇宙、果てしない宇宙、誰もいない宇宙、愛嬌ポーズなんてない宇宙。ジュギョンは宇宙で迷子になった気分だったが、むしろ心は穏やかだった。平気だよ、そう、平気。あんたが愛嬌ふりまいてもふりまかなくても関係ない。あんたはいつだって、あたしのウォンだから。愛嬌なんか、くそくらえってんだ。

若い娘がひとりで

ママ。いま、ソウルはすごい雪だよ。はじめて上京した三年前も、けっこうな雪だったけど。あのときは三月末までずっとぼたん雪が降っててニュースにもなったんだよね。地元では雪なんて珍しくもなんともなかったから、とっても不思議だった。異常気象だからなのか、ソウルだから騒ぐのか、あのときはよくわからなかった。それでなくてもソウルは知りあいが一人もいない、不慣れな街だったから。寒さもつらさも、よけいきつく感じたんだと思う。

引っ越して、ちょうど一カ月が経ちました。ようやく片付いて、部屋もそれらしくなってきたよ。ママは私が実家を出たこと、まだ根に持ってるんだよね? 一人で引っ越しをしたって言ったら、大変だったねぐらいのことは言ってもらえると思ってたんだけど。冷たいのは相変わらずか。

ママが言ってた通り、多少は苦労した。苦労はしたけど、でもごめん。ママと一緒に暮らしていたときよりは楽しいよ。きっとママは、私がただ漠然とソウルに憧れて家を出たと思ってるんだよね。まあね。それもあった。昼間はバリバリ仕事をして、アフターファイブは展覧会や公演に出かけたり、映画や書店をのぞいたり、時間に余裕があったら人文学の講座かなんか聴講してっていう文化的な生活がしたかった。地元にはそんなことできる場所ないでしょ。よくあるチェーン店のカフェ一つないし。もちろん、今だって夢見てたような毎日じゃない。そんなお金も、時間もないから。

はじめに会社の採用通知を受け取ったときは、このくらいお給料をもらえたら一人で暮らすのには十分だと思ってた。金遣いが荒い方じゃないし、特にお金をつかうあてもなかったし。ソウルの家賃がこんなに高いなんて、本当に、夢にも思ってなかったから。でも、じゃあお金をたくさんもらえればしたいことが全部できるかって言ったら、そうでもない。仕事が終わるのが、すごく遅いんだよね。ソウルの人って、本当に変なんだよ。眠らないみたいな感じ。会社でよく出前を頼む店がひとつあるんだけど、そこは六時半過ぎから注文が混みはじめて、いつも一時間は待たされる。近所のビルは九時、十時までほとんどの窓にこうこうと灯りがついてるし。仕事が終わるのがそんな時間なのに、そのまま家に帰るのはもったいないってみんなでビールを一杯飲みにいって、酔っ払って、また違うお酒を飲みに行って。じゃあソウルがそれほど安全な街かっていったら、そんなこと、ないんだよね。

今回どうして引っ越しをしたかっていうと、実はね、誰かがガスの配管を伝って窓から部屋に侵入しようとしたからなの。夏のほうがまだ気を付けてたんだよね。日が暮れたら外に面した大きな窓は必ず閉めて、戸締りにも注意してた。台所の前の小窓を一つ開けるだけで、あの暑さを我慢してたんだから。なのに、あの日はどうしてだったんだろう。掃除中に窓を開けたんだろうね。掃除がすんで、窓を閉めて、鍵をかけるのを忘れたんだと思う。

眠っているときに、キィッ、キィッってイヤな音がした。最初、夢かな、上の家で何かしてるのかなって思ったけど、そのうち男の人の低い声で「ったぐ、クソッ」って言うのが聞こえた。その瞬間、火が燃え広がるみたいに、足の裏から背筋、頭のてっぺんまでパアッと熱くなった。起きられなかった。目も開かなかった。声がしているのが玄関ドアの向こう側なのか、窓の外なのか、それとも家の中なのか、わからないでしょ。ドアのカギが開けっぱなしだったのか、泥棒が入り込んで息をひそめてたのか、寝入ってて玄関が開く音に気がつかなかったのか。いろんな考えが頭をよぎった。そのときまた、キィッ、キィッ、キィッって。ようやく、大きい窓の音だってわかった。あの窓はいつも、滑りが悪かったから。

とりあえずは眠ってるフリをして横になってた。ちょうど窓が見える位置に寝てるんだから、チラッとでも見てみたらいいのに、そうしなきゃいけないのに、怖すぎて目が開けられなかった。ぎゅっと手を握りしめて、いち、にい、さんって心のなかで数えてから、パッて目を見開いたの。薄目をあけるっていうんじゃなくてね。曇りガラスの窓が十センチほど開いてて、人の頭みたいな丸い影が映ってた。はじめは暗すぎて、それが家の中の影なのか外の影かよくわからなかったけど。幸いすぐに目が慣れて、窓の外なんだってわかった。

ガスの配管にぶらさがった男が、防犯フェンスの格子の間から手を伸ばして、窓を開けようとしてた。窓は指尺ほども開いてなかったし、窓の外には防犯フェンスがあるし、それに男は三階の高さにぶら下がってるんだってわかっていても、なんにもできなかったんだ。私が硬直しているあいだも男はずっと窓を開けようとしてて、ある瞬間、スーッと、滑るようになめらかに窓が開いてしまって。全開に近いくらいに。ハッと我に返った。お腹の底のほうから勇気を引きずり上げて、かき集めて、アアアーッ、って町内じゅうに響きわたるくらい大声で叫んだの。そしたら男も、ワアアーッ、って声を出してよろけて、下に落ちたみたい。そこでようやく、110番した。

男は死ななかった。大ケガもしてなかった。足首の骨にひびが入って動けなくなって、その場で捕まった。でも死ぬ死ぬって大騒ぎしたから、とりあえずは病院に運ばれたみたいだった。そしてね、私は警察に叱られたの。人を殺すところだったんだぞって。もしあの男が死んだり、どこかに障害が残るようなことがあったらどうするつもりだったのかって。あんな高い場所から人を脅していいと思ってるのか、これからはだまって警察を呼べ、って。怖くてガタガタ震えてる私にまくし立ててた。もちろん、私だって言われっぱなしにはなってなかったよ。聴聞監査室と青瓦台《チョンワデ》に苦情を言ってやる〔警察署の聴聞監査室で警察官への苦情を受け付けるほか、大統領官邸である青瓦台にも国民からの苦情、意見の受付窓口がある〕、ニュースのネタに売り込んでやるーって頭のおかしい女の人みたいに泣きわめいて、大声張り上げて、騒ぎまくった。あとから上司がお詫びにきたし、担当も女性警官に替わったから、一応きっちりは解決したんだけどね。

いざ逮捕してみたら、その男は私の部屋の真下の、一階の住人だった。私より二歳年下で、前科はなし。男は警察に、酒に酔ってうっかりしてた、別に私を狙ったわけじゃないし、あの部屋に女性が住んでいることだって知らなかった、なんでああいうことをしたのか全く覚えてない、って言ったんだって。記憶をなくすほど酔っぱらった人が、細くて危ないガス管を伝って上ってきて、あんな巧妙な手つきで窓を開けられるのか。私にはとても信じられなかったけど、警察はその言葉を信じたみたい。

謝罪したいといってきたけど拒否した。思い出すのも、顔を見るのも嫌だったから。同じ建物の五階に、大家のおばあさんがひとりで犬を飼って住んでるんだけどね。そのおばあさんがすぐに男を追い出してくれた。でも、あの部屋に住み続けるのは怖すぎて無理だった。一度契約更新してたから、契約期間はまだ残ってたんだけど、うまい具合にすぐ別なところへ引っ越せたよ。そう、新しい部屋もそのおばあさんの物件なの。ちょうど部屋が一つ空いてるっていうんで、仲介料なしの同じ条件で引っ越したのね。おばあさん、すごいよね。こんなに土地の高いソウルに建物を二つ持ってるなんて。若い頃何してたのかな？　とにかく、今度の部屋は前のところより古いけど広いし、地下鉄の駅は遠くなったけどバス停は近いし、何より七階だから安心。こっちはこんな感じかな。

こうしてダイジェストにすると、何でもないことみたいな気がしてくる。実際の私は、いまだに病院通いをしてて、薬を飲んでて、夜に電気を消すと眠れない。明るい照明の下で頭からすっぽり布団をかぶって、何度も寝がえりを打って。これじゃダメだと思って電気を消しても、恐怖がよみがえってきて、また小さなスタンドをつける。朝がきて、窓の外が白みはじめて、やっと眠ることができる。生活リズムはもうメチャクチャだよ。思えばあの部屋を借りるとき、三階だったから本当はちょっと迷ったんだよね。もう五百万ウォン保証金が出せれば、もっと上の階が借りられる。一千万ウォンあれば、建物の入り口がオートロックで監視カメラとナンバーキーが設置されているところが、二千万ウォンあれば、大きな通りに面した警備員室もあるところが。残念だけど仕方ないかって思った。でも、いざこんな目に遭ってみると、お金がないってことはちょっと残念ですまされる話じゃない、命を脅かされることなんだね。

私が警察と病院をいったりきたりしながら一人で引っ越しの準備をしていたと知ったら、ママはなんて言っただろうね。そんなしょうもない会社は辞めて、とっとと帰ってきなさいって言ったかな。それとも、自分で選んだことなんだから、グダグダ言ってないで自分でどうにかしろって言ったかな。

正直、ちょっと寂しかったよ。あの男の胸倉をつかんで、お前があのイカレた野郎かと言ってくれる人、被害者に何て口の利き方するんだって警察署で騒いでくれる人、今すぐ引っ越すから保証金を出せと怒鳴ってくれる人がほしかったわけじゃない。大丈夫？　って、驚いたでしょって、落ち着くまで一緒にいるよって、そう言ってくれる人がいないことがつらかった。ママに知らせれば私が悪いことにされるんだから、いっそ言わないでおこうと思ってしまうことが悲しかった。いつも、そうだったから。私が体調を崩しても、ケガをしても、悩んでいても、失敗しても、誰かに騙されたり傷つけられたりしても、いつも、私が悪いせいだって言ってたでしょ。そういう目に遭う私がダメなんだって。

ママが立派なことはよくわかってる。何をやってもダメなパパのかわりに、お金を稼いで、家事も全部して、私たち三きょうだいをちゃんと育ててくれて、ありがたかったと思ってる。ママが学習誌の訪問販売で月に一足靴を履きつぶすくらい走り回ってたことを思うと今だって胸がしめつけられるし、「小学校しか行けなかったから自分が売ってる学習誌の問題は解けないけど、少しも恥ずかしいことじゃない」ってママの言葉も、そうだと思う。デパート勤めしてたときは、一日中立ち仕事したあとで、夜コーヒーを飲みながら検定試験の勉強してたよね。パパが落ち続けてた宅地建物取引士の試験に一発で合格したことも、本当にすごい。

ママは、自分みたいにたくましくもないし、堂々ともしていない娘の私に、いつもがっかりしてたよね。でも、ママにはつらいときに気持ちをぶつけられる相手がいたでしょ。私のことだよ。愚痴なんてレベルじゃなく、気持ちのはけ口にしてた。あれは八つ当たりだったと思う。家族の誰かがあんまりうまくいってないとき、家でトラブルが起きたとき、ママは私に、感情の潤滑油になることを望んでた。なんで、よりによって私だったんだろう。ソウルで就職するって言ったときの、ひどい裏切りにあったみたいに怒ってた顔が忘れられない。年相応に成長して、自立して、それでもって家族の引き立て役のかわいい愛娘《まなむすめ》って感じでそばにいてほしかったの？　ママ、申し訳ないけど、それは私にはできないよ。

ママはいつも、私に呪いをかけるみたいに言うよね。「将来あんたみたいな娘を産んで育ててみればいい」って。でも知ってた？　私は、私みたいな娘に生まれたんじゃなくて、私みたいな娘に育てられたんだよ。ママの手で。

なんでまたこんな話になっちゃったんだろう。ただ眠るのが怖くて書きはじめた手紙だったのに。大丈夫、平気平気、ママにはママの人生、私には私の人生がある、他の人間関係と同じで、親子にだってやっぱり相性の合う合わないはあるんだよって、口ではよくそう言ってたのに。心の奥の本音は、そうじゃなかったのかな。この手紙はやっぱり、出せそうにない。

私の名前はキム・ウンスン

ウンスンは今年二十九歳。フランチャイズチェーンの飲食店で、ホールスタッフとして働いている。

十数年前「私の名前はキム・サムスン」というドラマが大ヒットした。当時中学三年生だったウンスンは、放送日となると塾もさぼり、万難排して「キム・サムスン」を視聴した。サムスンの気持ちが、わかる気がした。一から十まで、痛いほどわかる気がした。ウンスンもサムスン同様、「〇〇スン」で終わるダサダサネームだから。キム・ウンスンとして生きてきた一瞬一瞬が瞼に浮かび、よく口を押さえて嗚咽《おえつ》をこらえたものだ。

ストーリーは、「ダサい名前にぽっちゃり体型のシングル女性、キム・サムスンの自分探し、恋探し」ぐらいに要約できる。サムスンは失恋するとこの世の終わりといわんばかりに苦しみ、やたらお見合いをし、毎回、この人が人生最後の男かもしれないと言う。中学生のウンスンも、あの年じゃそうかもな、と思った。サムスンの年齢は三十歳。十代半ばのウンスンにとってははるか彼方、「行き遅れ」なんて言う人がいても仕方ないと思える年齢だった。そのウンスンも来年、まさに三十歳を迎えるのだ。

社会人になってから、ウンスンは眉を描かなくなった。時間がないとはいえすっぴんで通勤するわけにもいかないので、去年の春、アイラインと眉を半永久的なアートメイクにしたのだ。月に一度はまつげエクステもしている。メイクは好きだから大学生の頃はがんばってフルメイクで学校に通ったものだが、最近は顔を洗って基礎化粧品とCCクリームをパパッと塗るぐらい、あとはエレベーターで口紅を塗って終わりだ。発色のいい高級ブランドの口紅で唇に色を乗せながら、大人になるということは時間や情熱をかけるかわりに、技術や商品の力を借りることかもしれないと思う。

ここ最近は、朝一時間半かけて本社まで出勤し、接客サービスの研修に参加している。一緒に研修中の契約社員は意外に高年齢だ。総勢四十人のうち三十代が十人を超え、四十代も二人いる。今日は実際に店でよくあるトラブルのロールプレイだった。ウンスンはクレームを言う客の役で、料理がしょっぱい、固い、冷たい、対応が遅い、不親切だと次から次に文句をつけた。ずいぶんクレームがうまいねと冗談交じりに褒められて、妙な気分になった。クレームなんて実際にはほとんど言ったことがない。娘として、学生として、社員として、客として、それぞれの役割をこなそうとしてきただけで、じゃあ自分がしかるべき対応をされているのかどうかについては考えたことも、求めたこともなかった。

ウンスンはメディア高等学校〔放送技術、写真、デザインなどの分野での人材育成に力を入れた高校〕を卒業する前に就職し、その後一足遅れで大学に進んで経営学を勉強した。今は、母の言い方を借りれば「まかないの仕事」をしている。大学の学費に充てるためアルバイトをしたのが始まりだった。学生時代はウェイトレスや皿洗い、清掃といった単純作業だったが、卒業し、インターンの契約社員として入社してからはホール管理を担当している。このままうまく仕事をこなして研修の評価も高ければ、正社員のマネージャーとして店の統括を任せてもらえるかもしれない。みんなが大変がる仕事だったが、ウンスンにはそれが最初から面白かった。いろんな人に会えるのもいいし、季節ごとに店の内装を一新すればますます胸が躍る。一つの小さな世界を切り盛りする仕事。ホールのコンセプトからインテリア、メニューや器選びまで、次々とアイディアが浮かんできた。まずはいま勤めている店のマネージャーになり、いつかは個性的な自分だけのブランドを立ち上げる。それがウンスンの目標である。

休日に休めなかったり、帰宅がかなり遅くなることはそんなものだと割り切れたが、家族に応援してもらえないのはきつかった。ウンスンが実業系の高校に進学すると言った時も、やっぱり大学に行きたいと言った時も、毎回ウンスンにかわって頑《かたく》なな父に立ち向かい、ねじふせてくれたのは母だった。その母が、今度ばかりは納得がいかないと言う。いつまでアルバイトばかりしているつもりかと気を揉んでいる。きちんとステップを踏めば店の責任者にだってなれるのだといくら説明しても、なんでよりによって食べ物屋さんなのとか、最初から責任者で入社できないのとか、そんなことをするために大学に行ったのとか、立て続けに聞いてくる。おまけに、最近父は何かというと「九数《アホプス》」〔九、十九、二十九、三十九など九の数字がつく年齢は厄年とされる〕を持ち出すようになった。ウンスンが転んでも、消化不良を起こしても、携帯が壊れても、九の厄のせいだと言うのだ。ひどい体調不良で何日か会社を休みウンウン唸っていたときは、さすがに自分でも父のいうとおり、本当に九の厄かなと思った。

夕方には高校時代の同級生たちが店まで遊びに来てくれた。ウンスンが忙しすぎてさっぱり会えないからと、そもそもの待ち合わせ場所をウンスンの店にしたのだ。一番はじめに結婚し今年最初の子を出産した友人は、生後四カ月になったばかりの赤ちゃんをバギーに乗せて現れた。ウンスンが赤ちゃんのために茹でたじゃがいもとさつまいもを用意すると、まだ粉ミルクしか飲めないよと笑った。友人は粉ミルクを哺乳瓶に、適温にした湯冷ましを魔法瓶に入れて持って来ていた。

産後ケア施設で会ったときとはまったく別人のようだった。結婚前によく着ていたワンピースが似合うくらいむくみもとれ、うっすらメイクもしている。ひどく大きなバッグから哺乳瓶、魔法瓶、ガーゼタオル、よだれかけ、ウェットティッシュ、ガラガラ、布でできた絵本なんかを次々取り出しては、慣れた手つきで赤ちゃんの世話をする。育休中だが、保育園の待機児童は百人を超えているそうで、職場復帰できるかはビミョーだねと何くわぬ顔で言った。几帳面で、誠実で、誰より仕事が好きな子だった。こうして平気な顔でいられるようになるまでに、どれだけ悩みぬいたのだろう。腹をくくったような友人と、とてもかわいい友人の赤ちゃん。ウンスンは複雑な気持ちになった。友人はむずかる子どもを抱きあげ、あやしながら言った。

「あんたたちも急いだ方がいいよ。産後ケア施設で見てると、一歳違いで回復度が全然違うんだから」

はじめて聞く話ではなかった。父も、マネージャーも、仕事ができる先輩も、今日集まった二十九歳の同級生たちまでもが、まるで今がラストチャンスといわんばかりにそんなことを言う。結婚というものがまともにできるかどうかの境目。それを越えると、できなくなるか、もしくは追いつめられて誰でもいいやとすることになるのだと。

そうでなくても気持ちが乱れているところに、厄介な客までが重なった。友人たちがいるテーブルのすぐ隣に座っていた中年男性が、肉が臭《にお》うと文句をつけ、しきりにウンスンに食べてみろと言ってきたのだ。謝罪してもう一度作り直すと言っても、目の前で食べてみろ、こっちが嘘ついてると思ってるんだろうの一点張り、見下すような言い方でずっと肩を指でつんつん突《つ》いてくる。普段なら聞こえないように顔を背けて悪態をついてしまっただろう。友人の前で侮辱されては我慢にも限界があった。

「どうなさいました?」

遠くで眺めていた男性マネージャーがやってきてそう尋ねると、客はおとなしく作り直しを頼んだ。ウンスンにはあんなに頑として譲らなかったのに、年配の男性マネージャーには礼儀正しく接していることにもプライドが傷ついた。

帰り道、ウンスンは彼氏に電話をかけて、今日一日の不愉快な思いをぶちまけた。

「やな思いしたね。でもさ、少しオーバーに考えすぎなんじゃない？　どうしてそんなナーバスになるのかなあ」

「え？　オーバー？　ナーバス？　そっか。一度もお金を稼いだことがないそっちには、わかりっこないよね」

三歳年下の彼はまだ学生だった。「ナーバス」という言葉が一番嫌いなウンスンと、「わかりっこない」という言葉が一番嫌いな彼氏。互いに傷つけあってしまった。ウンスンは、また今度話そうと電話を切った。


いつもの疲れた顔とは違う険しい表情のウンスンに、父は彼氏とケンカしたのかと声をかけ、またもや二十九歳だからだと九数の話を持ち出した。父は最初から年下の恋人にいい顔をしていなかった。

「アイツが卒業して就職するのを待つより、準備万端、いつでも結婚オッケーの男とつきあった方が早いだろうよ。父さんの会社に、仕事してて婚期を逃したもったいない独身野郎がいっぱいいるぞ。紹介してやるか？」

「私は売れ残りの在庫商品かなんかなわけ？　なんで、早く処分したくてウズウズするのよ？　それに、その独身野郎が仕事で婚期逃したのか、イマイチで結婚できなかっただけか、わかんないでしょ？」

「いいヤツなんだって。男はな、男の目で見る方が確かなんだよ」

そこに母が口をはさんだ。

「男でも女でも、この子の一生の相手はこの子が見て判断しなきゃ、なんでお父さんが見るのよ」

そこではじめてウンスンは自分の気持ちをのぞきこむことができた。私、本当に結婚がしたいんだっけ？ ううん。じゃあなんで焦るの。二十九だから？ いまの不幸はどれもごく普通の生活の一コマで、二十九歳だから起こったことなんてひとつもない。三十九でも四十九でも、五十九だって同じはず。


十数年前、サムスンは言った。「この心が石になっちゃえばいいのに」。いま、三十を目の前にしたウンスンには心ときめくことがたくさんある。店に出るときも、研修を受けているときも、彼氏と会うときも心ときめく。いい映画を見て、素敵な服を着て、爽やかな香水を身にまとうときもそう。心が石になんて、なってほしくない。ダサい名前、手強い日常、不安な未来、それでもずっと、ときめきつづけていられるキム・ウンスンとして生きていくのだ。

大観覧車

地下鉄一号線に乗りこんだ。仁川《インチョン》行き。仁川駅に着いたら、二十三番バスに乗ろう。月尾島《ウォルミド》の遊園地へ。ほかの遊園地ではとっくに姿を消した観覧車が、そこにはある。

兄から電話が入ったのは、日曜の午後だった。昼寝していた私は、そのあいだずっと夢を見ていた。かすかに頭痛がして、もう起きなければと思いながら、夢から醒めることができずにいた。そのとき、枕元にあった携帯電話が振動した。液晶画面に兄の名前を確認した瞬間、なんの用件かわかった。

春からだった。この瞬間が遠くない未来に訪れるという予感が、嘔吐のようにたびたびせり上がってきていた。

「うちのヤツと、サンウン、サンジュンを連れて、一緒に昼飯を食べに行ったんだ。母さんが急に、蟹が食べたいって言うからさ。それまで一度も、何かを食べたいなんて言ったことない人なのに。お前にも電話しようとしたんだよ。そしたら母さん、お前は毎日忙しいんだから、そのまま休ませといてやれって。だから、オレたちだけで食いに行って、一〇一号棟の前で母さんを降ろして。サンジュンが寝ちゃってたもんで、そのまま家に戻ったんだけど、嫌な予感はあったんだ。電話しても、出なかった。寝てんのかなって思って、もうちょっとしたらまたって……あのとき、すぐに駆けつけてれば……」

顔を合わせると、兄は言葉が終わる前に幼子のように肩を震わせ、泣きじゃくった。兄が悪いのではない。母が選択したことだ。私は兄の背中をぽんぽんと叩きながら、そんなことない、よくやったわよと言い、そう口にしたことをすぐに後悔した。

あの日、私は学校を休んだ。朝の風がまだひんやりする夏のはじめだった。父は会社に、兄は学校に行き、家に残っていたのは母と私の二人だけだった。寝たいだけ寝ていていいという母の言葉に、薄い夏掛けをぐるぐる体に巻きつけ寝っ転がった。そのあいだ、母は海苔巻き《キンパ》を作っていた。ほうれん草に人参、たくあん、ハム、卵、カニカマまで入った完璧な海苔巻きと、色とりどりのフルーツ。母は自慢気に私に中身を見せると、弁当箱の蓋を閉めた。

「観覧車に乗りたいって言ってたでしょ？　今日、母さんとあれに乗りに行こう」

うれしすぎて、文字通りぴょんぴょん飛び跳ねていたと思う。手をつなごうとしない母の隣に並んで歩きながら、どこに行くの、なんで今日なの、本当に学校に行かなくていいの、と質問責めにした。内容は思い出せないが、納得できるだけの答えを聞かされたのだろう。それ以上疑問を抱かなかったから。

遊園地のゲートをくぐると、遠くにある大観覧車が目に飛び込んできた。平日午前中の遊園地は閑散としていた。風が次第にぬるくなっていった。出くわしたスタッフがみな、両手を振って歓迎の挨拶をしてくれる。私の足取りはずんずん速くなった。はじめは母の一歩先を歩いていたのに、二歩、三歩、四歩と少しずつ距離が広がっていった。

私が先に観覧車の前に到着した。母は私に背を向けて、反対方向の券売機へと進んだ。不意に、その後ろ姿が見知らぬ他人のように映った。カラフルな観覧車はゆっくりと、しかし動きを止めずに、等間隔で、同じ速度で、決められた軌道を進んでいく。上空高くまで上りつめた観覧車が、はるか遠くに感じられた。

「母さん、あっちのに先に乗りたい」

財布から数枚の紙幣を出しかけていた母は、私を見て、ん？　と聞き返した。

「母さん、あたし、観覧車、今は乗らない。あっちの方が、もっとおもしろそうだもん」

「あっち」にあったものが何だったかは覚えていない。とにかくその日、私たちはメリーゴーラウンドやゴーカート、バイキングといったどこにでもあるアトラクションに乗り、ベンチに座って海苔巻きを食べた。最後まで観覧車には乗らなかった。観覧車に乗りたいって言ってたでしょ、本当に乗らなくてよかったのと、母は何度も私に訊いてきた。家に戻るバスの中で、母はただ残念がっているだけとは思えない、未練や後悔のにじむ低い声で言った。

「観覧車に乗せてあげたかったのに」

「次は絶対乗ろう、母さん」

母は返事をしなかった。

その後、母は家を出た。そして、私が大学に入った年に父が交通事故で亡くなると、再び家に戻ってきた。母と父に何があったのかはわからない。あったとしてもそれは夫婦の問題で、父が他界していようが存命だろうが、二人のことに首を突っ込むつもりはなかった。大事なのは、私と母の関係が既に終わっていたことだったから。私は大学の近くの考試院《コシウォン》〔もとは受験生の勉強部屋として作られた狭小の宿泊施設〕に部屋を借り、そんな私を兄は親不孝な娘だとなじった。平気だった。

「兄さんが、好きなだけ親孝行したら」

だが、家を出る当日に母から投げつけられた言葉は、大きな翅《はね》を持つ蛾のように不快な粉を撒きちらして、何度も私に覆いかぶさってきた。

「だって、あんたは娘じゃないの」

娘であることが一体なんの関係があるのかと訊きたかった。でも訊かなかった。思いを晴らすべくとうとうと語り、切々と事情を打ち明け、私の許しを乞うチャンスを母に与えたくなかった。私は娘だ。だから、なんなのか。

一号線にゴトゴト揺られながら、母を思う。娘を観覧車に乗せてやろうとしていた、子どもを捨てて家を出ていった、あのときの母と、私は同い年になった。三十四。母が手にしていた夫や子どもの存在はないが、仕事と、お金と、自分だけの家がある。あのときの母がどれほど幼かったか、今ならわかる。だからといって母を理解して許すことはできない。憎んでいるというのでもない。ただ、最後の食事に私を呼ばなかった理由が引っかかる。

やっぱり遊園地には、行けないかもしれない。

公園墓地にて

母が、死んだ。

樹木葬ができる近郊の公園墓地を見つけ出したのは兄だった。兄のところの兄妹と姉のいちばん下の子が、葬儀用の車から大きくジャンプして飛び降りた。晴れた空は空色の折り紙を貼りつけたみたいに一様に澄みわたり、一度大きく息を吸いこめば、爽やかで清涼な森の香りで胸がいっぱいになった。やっと息ができる、と思った。走って、追いかけっこをして、転んで、また立ち上がって、せわしなく動き回る甥や姪をつかまえたり、制止したりする大人はいなかった。そんな気力は残っていなかったし、したいようにさせてやりたくもあった。大人の私でさえ大変だったんだもの。子どもには、ますます窮屈な時間だったろう。駆けていく子どもたちを眺めているうちに、家族で近場にピクニックにでも来たような気分になった。考えてみれば、一家でピクニックや旅行みたいなものをしたことなど一度もない。

前を歩いていた兄が振り返って、姉と私に言った。

「父さんもこっちに移すか。ここ、いいよなあ。オレたちも来やすいし。二人を一緒にして、ちょくちょく来ようか」

姉はうなずいた。私は兄へ駆け寄り、ここからは私に遺骨を持たせてと言った。ごくあたりまえのように、自然と喪主の兄に手渡された骨箱。青磁の地に菊の絵が描かれた骨箱は実は紙製で、すぐ土に還るのだという。兄はしばらく、あっ、ああ、ともじもじしてから私に骨箱を差し出した。あまりに熱くて、落としそうになった。脂肪と筋肉と臓器のすべてを跡形もなく焼き尽くし、骨も粉々になるほどだったのだから、当然だろう。

熱い骨箱を胸にきつく抱え、兄の言葉を反芻する。オレたちも来やすいし。二人を一緒にして、ちょくちょく来よう。フッ。思わず失笑がもれた。お兄ちゃん、病院はここよりずっと近かったよ。あのとき、もう少しちょくちょく来てくれたらよかったのに。母さんがどんなに、お兄ちゃんに会いたがってたか。

味噌チゲを作ると言って、母はズッキーニやジャガイモをハサミで切っていた。私が笑って一体何の真似と聞くと、母は深刻な表情でこう言った。

「包丁はしょっちゅう落としちゃうから、怖いのよ」

ご飯とおかずと鍋を、テーブルまで運んでほしいという。食事中、母はスプーンと箸を一回ずつ落とした。箸が一本テーブルの下に転がり、私が拾いあげた。

「病院には行った?」

「歳のせいで手に力が入らないのよ。足もそうだし。家の中を動き回るのもしんどくって」

「一人の時はごはん、どうしてたの？」

「残り物を全部混ぜて食べてたわよ」

「私には、毎日ごはんちゃんと食べなさいって言ってるくせに。母さんこそちゃんと食べてよ」

その日はそうやって小言だけ言って帰ってきたが、がたがたになったチゲの具や、するりと滑り落ちた箸のことが妙に頭にちらついた。私も手根管症候群で苦労したことがある。いくら電話でせっついても母一人では病院に行きそうになかったから、有給休暇をとって一緒に近所の整形外科、神経外科を回り、大学病院でようやく、母の頭の中に腫瘍が育っていることがわかった。

微妙な位置だった。手術は難しい、放射線治療や抗がん剤での薬物治療はできるが、それでも右半身は間違いなく麻痺するだろうという話だった。私が命に別状はないんですかと質問すると、医者は呆れたように言った。

「脳に腫瘍があって体が麻痺するほどなのに、命に別状がないはずないでしょう？」

あのとき医者が何気なく発した言葉を、私はしばらく引きずった。母が眠れないと苛立つたび、抗がん剤治療の後で嘔吐する背中をさするたび、ぐっしょり濡れたおむつを取り替えるたび、ちらちらと頭によみがえってくる。それがわかったら、医者のあんたになんか訊いてないわよ。あんたに、死んでいく母を持った娘の気持ちがわかるわけ？　そんな言葉が口をついて出ることもあった。

兄は、入院費を稼ぐためにも仕事を休めないと言った。兄の妻は二人目の子どもを保育園に入れて再就職したばかりだったし、いい年の実の子が三人もいながら、嫁である兄の妻に看病をさせるのは気がひけた。姉は夫の仕事の関係で縁もゆかりもない土地に住み、七歳と四歳の子育てをほとんど一人でしていた。上の子が小学校に上がってからは忙しくてまったく余裕がないという。結婚もしていないし子どももいない、フリーで仕事をしている私が母を看るべきだとは、誰も言わなかった。ただ、母さんを一人にはできない、付添人はやはり信用できない、まだ老人ホームという段階じゃないだろうと、そんな話ばかりを繰り返していた。

すでに仕事の発注元には、当分依頼を受けられないと話してあった。だが、家族には言わないでいた。恋愛はしてないのか、結婚しないのか、今産んだって高齢出産なんだ、先に子どもを作ってこい、お前のこと以外うちに心配のタネはないんだから。そんな言葉を嫌というほど聞かされてきたのだ。いまになって私がいるからと、結婚もしていないし子どもも産んでいない、決まった仕事にもつかずにふらふらしている末っ子がいてよかったと、安心させたくなかった。ひねくれた考え方だったし、私はもともとひねくれていた。

「テレビ、ちょっと消してちょうだいよ」
「他の人たちがみんな見てるんだから、消せないの」
「じゃあせめて音量下げてよ。寝れやしないじゃない」

「いいから、母さんが耳栓して」

昼間で、病室の他の患者や家族たちは誰もが人気ドラマの再放送に見入っていた。一晩中寝返りを繰り返していた母は、昼食のあとようやく眠気が来たらしかった。ほとんど閉じかかっていた瞼《まぶた》が、重たげにゆっくりと開いた。

「一体あんたは何しに病院に来てるわけ？　ひとつも役に立たないくせして」

少しでも思い通りにならないことがあると、私のせいになった。あんたはやることなすこと全部そう。ここで何してるの？　何かできることでもあるの？　母はやさしくて上品な人だった。抗がん剤治療がつらいからか、病気になってしまったことへの怒りか、そうでなければ腫瘍の塊《かたまり》が脳の大事な部分を圧迫しているのか、別人のようになっていった。私は、いつもごめんと答えた。すると今度は、悪いのはあたしなのよ、みんなあたしが悪いんでしょ、と並べ立てる。

「わかった。じゃあ一人にしてあげるよ」

妙に我慢のきかない日で、私は思った通りを口にすると病室を後にしてしまった。

病院の向かいのコーヒー専門店に行って、エスプレッソショットを追加したコーヒーを注文した。熱くて濃いコーヒーを一口飲んだら気が抜け、涙がこぼれた。看病に就いて以来、はじめて泣いた日だ。体のどこかにグッと抑え込んでいたみたいに、涙は一度あふれ出すと止まらなくなった。携帯電話を手に取った。過去にもらった仕事の依頼のメールやメッセージをじっくりと読み返した。読書サークルの仲間のＳＮＳで感想を読み、一度行ったきりのクッキング教室の画像を探し、見たかったミュージカルの動画を眺めた。みぞおちのあたりが引き攣《つ》れたようにひりひり痛んだ。母の看病で諦めたすべてが酸化し、心を溶かしていくようだった。やがて携帯のバッテリーがなくなって電源が落ち、病院に戻ろうと思った。そこで不意に思ったのだ。なんで私なの？　と。さんざん泣いたらお腹もすき、手持ちぶさたのままベーグルを頼んで食べ、カフェにあった雑誌をしばらく読むと、近所の映画館で一本映画まで見て、病院に着いたのはとっくに夕食の時間になった頃だった。

　母は寝入っていて、補助ベッドに兄が腰かけていた。病室のみんなの目が私に注がれたが、誰も何も言わなかった。兄が静かに立ち上がって病室を出るので後を追った。母は、ベッド脇のキャビネットにあった果物ナイフで自殺を図ろうとしたのだという。死んでやるとナイフを左手に握って右の手首を切ろうとしたが、幸い手にまったく力が入らなかったため、かすり傷程度ですんだらしかった。だが、止めに入った隣のベッドの看病人が、顔にケガをした。

「大したケガじゃない。かすった程度で、傷テープを貼ったそうだ」

　兄の話はそこまでだった。病院スタッフはずっと私に電話をかけていたのだろう。電源は切れているし、母は落ち着く気配がないし、結局、書類をひっくり返して兄に連絡した。仕事の最中だった兄は職場に頭を下げ、車で一時間の病院までやって来た。その間に事態は収束していたのだろうけど。兄が、私の肩をとんとんと叩いた。

「おつかれ。オレがなんか言える立場じゃないよ。ただな……ただ、こういうことしてたら、お前が後悔するんじゃないかって思うよ」

窓越しに、私がコーヒーを飲んでベーグルを食べたコーヒー専門店が見えた。後悔なんかしない。私は母さんと言い争って、泣いて、憎んで、険悪になって、仲直りしたから。あの純粋だった母さんが壊れきってどん底に落ちるところまで、ぜんぶ見てるから。血をぬぐい、吐瀉物を片づけ、大小便をふきとってあげたから。

「母さんは、色白で髪が長くて余命いくばくもない薄幸の美少女じゃないの。これはドラマじゃないんだよ、お兄ちゃん」

それからも私は、苦しがり正気を失った母と、本当にたくさんケンカを繰り返した。

楽しげな子どもたちの姿に、三十年後、ひょっとしたらそれより早く訪れるかもしれない自分の最後の瞬間を想像する。おそらくそばに家族はいないだろうし、私はそのときも後悔していないだろう。まだ熱の残る私の骨箱を抱いてこの道を歩くであろう誰かが、しっかりしていて礼儀正しい、こういうことに慣れた人であってほしいと思う。

第2章
私はまだ若く、この闘いは終わっていない

離婚日記

「今まで新婦を大事に育ててくださったご両親へ、感謝の気持ちと、これからの決意を込めて、新郎新婦のあいさつです。それではどうぞ！」

高々とあげた両手をサッと下ろしながら床につけ、額《ぬか》づくお辞儀《クンジョル》をする義弟の隣で、妹は深々と頭を下げ、ゆっくりと上体を起こした。下唇を噛んで涙をこらえようとしている。二人の前に座る母は、涙をそっと拭《ぬぐ》った。その半分、いや、もしかするとそのほとんどは、私のせいで流している涙だろう。両家の顔合わせがあった日、ちょうど一カ月間の離婚熟慮期間が終わり〔協議離婚の場合、裁判所への離婚申請後に一定期間の猶予が置かれる。未成年の子どもがいない場合は一カ月、いる場合は三カ月〕、私の離婚が成立した。

＊

初めて夫婦喧嘩をしたのは、新婚旅行から帰って夫の実家へあいさつに行った日だった。正確には、夫の実家ではなく義理の伯父の家だ。義母に伯父の家へ行こうと言われた時から妙な不安を感じていた。高速道路を二時間かけて夫の実家に出かけ、実家で車を乗り換えてさらに一時間移動して伯父の家に着いた。義母は車のトランクからお餅、カルビ、果物、お酒などの入った箱を次々と下ろし、嫁からのお土産《みやげ》です、と言った。私が用意したものじゃないのに。義母は私に「食べ物は田舎のほうですでに用意してくれてるから手ぶらでくるのよ」と何度も念を押した。「お酒と果物だけでも」と私が言うと、そんなに気を使う必要はないとカッとなっていた。なのに、どうして……。

伯父の家に着くなり食事の支度になって、義母にその理由を尋ねる暇がなかった。せっせとお皿を運んでいると、親族だという人が突然近づいてきて、私の腕をつかんだ。

「そんなのはいいから、こっちに座りなさいよ」

「そうだ、花嫁さんも一杯やろう！」

飲み口を親指でさっとぬぐっただけのグラスに焼酎が注がれた。

「私、お酒は飲めないんです」

もじもじしていると、義父が早く飲めと目配せをする。じゃあ一杯だけ、としかたなくグイッと飲み干すと次から次へとグラスが回ってきて、困り果てていると、夫が横合いから出て何杯かを代わりに飲んでくれた。そんなこんなでやっと落ち着いたかと思ったら、今度はマイクの代わりにスプーンを渡されて、一曲披露しろと言われる始末。拍手喝采する人々の中には、義父と義母の姿もあった。断ったところで無駄だった。あの盛り上がり。追いつめられていく気持ち。胸がむかむか、頭がぐらぐらした。逃げるように家を飛び出した。町内会館の縁台にへたり込んでいると、後ろから追いかけてきた夫が理由を尋ねた。

「ずっとバカにされてる気分なの！　返礼用の食べ物は何も用意しなくていいと言ってたじゃない。どうしてお義母《かあ》さんが用意してたわけ？　どうして嫁いできたばかりの嫁にむりやりお酒を飲ませて、歌をうたわせるわけ？　どうしてお義父さんお義母さんもあなたも、私をかばってはくれないわけ？」

「そこまで言わなくてもいいじゃないか。田舎の人なんだよ。みんな、君がかわいくてしょうがないんだって」

「うちの親は、新婚旅行帰りの私たちに、ごちそうを用意してくれてたでしょ？　あなたはただ座って、出されたごはんを食べてゆっくりしてただけだったよね。うちとはえらく違いすぎると思わない？」

「兄さんの奥さんは適当にみんなと付き合ってたのに、君はちょっとピリピリしすぎじゃないか。まったく。悪かったな。こんなに教養のない田舎者でさ！」

私はタクシーを呼んでバスターミナルに行き、そのままソウルの家に戻ってしまった。この結婚はもう無理だと思っていたら、夫が土下座をした。もう一回だけチャンスをくれ、と。

それからも、夫はまったく役に立たなかった。お払い箱になってもおかしくない嫁を一度だけ大目に見るのだといわんばかりに、義理の両親はますます強気になった。伯父の家に行くことこそなくなったが、しょっちゅう呼び出しがかかった。お正月やお盆やキムチを漬ける時、義理の両親と夫と義兄の誕生日、義父が定年退職した日はもちろん、義母が腰を痛めたときも帰省した。料理を作り、行事を手伝い、看病し、家事を手伝った。がむしゃらに働き、ごはんはいちばん寒くて不便な場所で適当に済ませた。その上、笑顔を見せない、愛想がない、返事をすぐしない、目つきが悪いといっては叱られる。そのあいだ夫は、用意された料理を食べ、横になってテレビを見て、夜には友達と約束があると出かけていった。ソウルに帰った日は決まって夫婦喧嘩になった。

「もう一回だけチャンスがほしいって言ったよね。その結果がこれなの？」

「だから家ではいろいろやってるだろ。洗濯も掃除も食器洗いも、ぜんぶ俺がしてるじゃないか？　正直言って、俺ぐらい家事を分担する夫もいないよ。君が残業しようが、会社の飲み会があろうが、出張行こうが、友達と飲んで遅く帰ってこようが、俺は文句ひとつ言わないだろ？」

「じゃあ私は？　私は家事してないとでも思ってるの？　あんたのすることになんか文句言った？　私がするのが当たり前で、あんたがすると何かものすごい思いやりになるわけ？　私の身も心もズタズタになるまで、知らんふりするのはやめて」

「実家に帰ったときだけ我慢してよ。同居してるわけでもないんだからさ。父さんと母さんだって老い先短いんだし」

「人生百年の時代だから、あと三、四十年は生きられるでしょう。そのころには、私だってもう還暦のお婆さんなんだから」

結婚した友達と話すと、彼女たちからも似たようなエピソードがぞろぞろ出てきた。結婚した女性のほとんどが、こんなふうに暮らしてるの？　なのにみんな頭がおかしくならないわけ？　ほんとに？　自分がおかしいのだろうか、ピリピリしすぎなのだろうか。とめどなく自分を責めているうちに、だんだんと気力が奪われていった。

とある週末のこと。義理の両親がいきなり、精がつくからとタコの水炊きの材料を持って家にやってきた。義母はキッチンの引き出しという引き出しを全部開け、冷凍庫の奥にあった黒いビニール袋の中身まで片っ端から確認し、調味料入れを一つ一つチェックし、そのあいだずっと、舌打ちをしたりため息をついたりしていた。あげくに、宅配で注文していた惣菜を全部ゴミ箱に捨ててしまった。

「他のことはともかく、出来合いのおかずだけはあたしは認めないよ。どこで、どんな材料を使って、どう作ったかもわかんないのに、よくもまあこんなものを口に入れるもんだ」

「どこで、どんな材料で、どう作ったか、全部書いてあります」

「信用できるもんか」

「信用できるものなんです。二人とも帰りが遅いし、毎回食事を作って食べるのは無理ですから」

「いいや、あたしゃ信用できないね。あの子が一人暮らしをしていたときは、一週間に一回来てはおかずとスープを何種類もこしらえて、冷凍庫に入れておいたもんだよ。こんなものは一度も食べさせたことがないね。じゃあいっそ、これからもそうしよう。あたしと顔をあわせるのが嫌なら、二人が仕事に出てる平日に来て、料理だけして帰るから。玄関ドアのパスワード、教えて」

まずは義母を落ち着かせようと思った。

「いいんです、お義母さん。私が作ります」

「二人が忙しいってことは、よーくわかってるよ。あんたを責めてるわけじゃない。そうしないと、あたしの気が済まないだけなんだから」

「私が作りますから、お義母さん。もう二度とお惣菜は買いません。ごめんなさい」

義母に謝ろうとした瞬間、涙がこみ上げた。私は義母に、どんな申し訳ないことをしたのだろうか。大事な息子さんに出来合いの惣菜を食べさせたこと？　いまこの光景を黙って見ているあの男は、何者なのだろう？　私の夫？　それともお義母さんの息子？　一度にいろんな考えが押し寄せてバランスを失い、体がよろめいたそのとき、夫が私の肩をポンと叩いて言った。

「そうだよ。母さんに作ってもらおう」

「えっ？」

「どうせ料理する時間なんてないだろ。母さんからすれば、俺が結婚する前と同じことすればいいだけなんだしさ。それに、実は宅配おかず、あまり口に合わなかったんだよね。この際母さんに頼んじゃおうよ。みんな面倒が減るし、誰も困らないんだからさ。そうだろ？」

なんの悪意も感じられない夫のうれしそうな顔に、心臓がぎくりとした。本当にこの男が、私に結婚を決心させたあのときの男なんだろうか。優しくて、合理的で、賢くて、礼儀正しかったあのときの男が、本当にこの男なのだろうか。義父と義母に、今日はもう帰ってほしいと頼んだ。それでも義母は、材料の下ごしらえは全部済んでいるんだからと、むりやりタコの水炊きを作って帰った。とても食べられそうにないと私が言うと、夫は水炊きを一人で食べ始めた。義母がタコの水炊きを作らなかったら、夫がその水炊きを食べなかったら、この結婚を終わりにしようとまでは思わなかったかもしれない。

話を聞き終わると、父と母は私の肩をぽんぽんと優しく叩き、妹もおかえりと言葉をかけてくれた。久しぶりに一つのベッドに並んで横になっていると妹が言った。

「お姉ちゃん、あたし、プロポーズされたの。五月には両家の顔合わせをしようかなって」

「そう？　よかったね」

そして、短い沈黙。

「お姉ちゃん、あたし結婚やめよっかな？　結婚ってどんなものなの？　してみたほうがいいもの？　お姉ちゃんがするなって言ったら、ここでやめるから。理由も聞かないから」

結婚ってどんなものだろう。してみたほうがいいものだろうか。私は夫と幸せだったときのことを思い浮かべた。意外にもたくさんの思い出がよみがえってきた。長い話し合いの末に選んだ卓上の額縁、同じ映画を見て交わしたあまりにも食い違う意見、夜の散歩中に買い食いした、おにぎりとカップラーメン、私の昇進パーティ……私は妹に言った。

「結婚して。いいことのほうが多いから。ただ、結婚しても誰かの妻、誰かの嫁、誰かの母になろうってがんばらないで、自分のままでいて」

簡単なことではないけど、とは言えなかった。そして私は離婚の手続きを、妹は結婚の準備を着々と進め、すべてがうまく片付いた。もちろんこれが終わりではない。私の物語は、これからまた始まるのだ。

結婚日記

「今まで新婦を大事に育ててくださったご両親へ、感謝の気持ちと、これからの決意を込めて、新郎新婦のあいさつです。それではどうぞ！」

　高々とあげた両手をサッと下ろしながら床につけ、額づくお辞儀《クンジョル》をする夫の隣で、私は深々と頭を下げ、ゆっくりと上体を起こした。涙をこらえようと、下唇をぎゅっと噛んでいたら、前に座っている母はうつむいて涙をそっと拭っていた。離婚した長女を迎え入れ、結婚する次女を見送るという真逆の事を淡々とこなしている母。いまや夫となった彼からプロポーズされた日、姉は家に戻ってきた。

＊

　姉が右手に持っていたのは、大きなスーツケースでもなく小さな財布一つだけ。カップラーメンでも買おうと家の近くのコンビニに寄ったかのようだった。離婚する、あんな男とはこれ以上一緒にいられないから家を出た、という姉の言葉がにわかに信じられなかった。

義兄と姉は会社の同期だった。義兄は能力があって、礼儀正しくて、姉の成果を素直に認め、心から祝福もしていた。社内のコンテストで優勝した姉は、同期の中で真っ先に単独プロジェクトを任されることになった。結果発表を見た義兄は、社内では嬉しい気持ちをぐっとこらえて、仕事が終わるとカラオケボックスに行き、曲の伴奏をBGMにして、声がガラガラになるまで歓喜の声をあげたという。姉の報告書に目を通し、一緒に悩んで、助言もしていた。秘密の社内恋愛を始めて三年目に姉が転職し、その年の秋に二人は結婚した。

その後、姉に聞かされた義兄の話は、びっくりするようなことばかりだった。なぜお義兄《にい》さんはお姉ちゃんを親戚の家に連れていったんだろう。どうしてお酒を飲ませ、歌を歌わせたんだろう。就職して初めての飲み会のことを思い出した。新入社員だし一番年下だしでどうにも断りづらかった私に、先輩たちはお酒を勧め、歌をうたわせた。しかたなく食べて、飲んで、歌っていたが、やりどころのない羞恥を感じた。家に帰り、朝まで泣いた。姉の気持ちがわかるような気がした。にしても、親戚もいるところで、そんなふうに黙って飛び出さなくてもよかったんじゃないか。お義兄さんも親御さんもさぞ困ったろうに。そんな二つの思いに挟まれ、どう考えていいかわからなくなった。

彼の家族との顔合わせが終わってから、本格的な結婚準備が始まった。会場の場所、規模、時間、式の流れ、それから新居の場所、間取り、大きさ、家財道具とその配置、新婚旅行のスケジュール、場所、費用などなど。彼氏と相談して決めるべきことが、大きなことから細々《こまごま》したことまで溢れていた。ときどき意見が真っ二つに分かれ、そのたびに互いの気持ちを傷つけないよう努めた。幸い、大喧嘩に至ることはなかったが、二人ともすっかり消耗してしまった。

ありったけの元気を振り絞ってスタジオ撮影を済ませた日の夜、彼氏が電話の最後に、おそるおそるこんな話を切り出した。

「撮影中に友達に撮ってもらった写真を父さんと母さんに見せたら、花嫁さんがすごくきれいだって」

「ありがとう!」

「う、うん、あとさ……当日は、もう少し違うスタイルでさ、いろいろあるから、別のドレスも着てみたらどうかって。キミは何着てもかわいいからさ。最初に着てたのはどう? 首に襟があったやつ」

撮影中に着たメインドレスは、オフショルダーのものだった。露出が多くて嫌だという話が義理の親からあったのだろう。式当日に着る予定のマーメイドベアトップドレスも、肩の露出が多いうえに胸から太ももまでのラインが際立つデザインだった。「違うスタイル」「いろいろ」「何着てもかわいいから」と彼が口にしていた言葉は、義理の親の言葉だろうか、彼氏の言葉だろうか。

次の日、昼ごはんを食べながら結婚している会社の同僚に意見を聞くと、同僚はここからが本番だと言った。

「親戚の前でそのドレスじゃ肌の露出が多すぎる、から始まって、カーテンはゴールドがいい、明るい色の布団はよくない、皿の数が少ない、ときて、最後は玄関ドアのパスワードを教えて、ってなるのよ。家に来て押し入れからキッチンの収納、冷蔵庫まで手あたり次第開けてみて、下着のたたみ方まで口出しするお姑さんもいるんだって」

姉から聞いた話がよみがえった。義兄の母が冷凍庫に入ったビニール袋を片っ端からチェックし、惣菜まで全部捨ててしまったという話。一番腹が立ったのは、義兄がその状況をちっとも深刻に考えていないことだと、姉は言っていた。それでも当時の私は、二人が仲直りしてほしいと思い、さりげなく義兄の肩を持った。

「お義兄さんったら、全然空気が読めないんだね」

「空気を読まないでいられるのだって権力だよ」

それはそうだ。空気が読めないというのは、空気を読まなくても済む、ということだから。とはいえ、そこまで言わなくても、という気もする。悪いのは姉の義理の親のほうであってお義兄さんじゃないから。お義兄さんは、ただ、そこまでは気が回らなかっただけだから。でもやっぱり、自分の家庭を持つ年頃になってまで、そんなことにも気が回らないのは普通のことだろうか。そんな疑問は残る。男は何歳になっても子どものままで、いつまでたっても分別がつかない、なんて言葉を聞かされ続けてきた。私もこの先、それを当然だと思うようになってしまうのだろうか。見知らぬ人たちが自分の人生に割り込んでくることをなすすべもなく傍観しながら、いつまでも子どもっぽい夫を恨んで生きていくことになるかもしれない。いや、そんなことはないはずだ。ドレスの話を遠回しに言ってきたのは、義理の親ではなく、彼氏のはずだから。私はそう信じている。彼は空気を読むし、空気が読める男だから。

朝になると彼氏に電話をかけ、チャイナカラーのドレスに変えるつもりだと言った。結婚式の担当プランナーから、彼氏、両家の両親まで誰もが喜んでいたのに、たった一人、姉だけは残念そうな顔をした。

「あんたの結婚式だし、あんたが着るドレスなのに。あんたの気持ちが一番大事なのに」

私も気に入っているんだと姉をなだめた。夫、家族、親族、ゲストのみんなが気持ちよく参加できる結婚式になってほしいと。みんなが喜んでいるからこれでいいんだと。心の片隅では、姉はこうして何一つ妥協しようとしなかったから結婚に失敗したんだろう、と密かに思っていた。


結婚を一カ月後に控え、新居には家具や電化製品が入り、だいたいの家財道具が揃いはじめた。隙を見て新居に細々としたものを買っておいたし、結婚一週間前には服や本などをそれぞれの実家から運びこんだ。

整理が終わると、義母が新居を見てみたいと言った。家選びのときはもちろん、家具や電化製品を買うときも口を挟まれたことがなかったので、なんの迷いもなく義母と約束の日にちを決めた。なのに、いざ義母と一緒に新居へ入ろうとすると、緊張で口が渇き、笑顔を作ると唇がぱっくりとひび割れてしまった。義母は、スローモーションビデオのようにゆっくりと家の中を見て回り、隅々にまで目をこらしていた。目で熱心に見てはいるものの、手を触れようとはしなかった。閉まっているドアは開けようとせず、カバーしたままのものはカバーを取ろうともしなかった。ソファにだって一度も腰をかけず、お邪魔したわね、と言った。

「きれいね。大変だったでしょう」

緊張がほぐれ、安堵の息が漏れそうになったそのとき、義母がこんな言葉をつけ加えた。

「居間のカーテンだけど、あれだけ変えようか。居間に暗いカーテンはよくないのよ。外からの良い運気が窓から入ってくるのに、これだと全部塞がれてしまうからね。私が一つ、オーダーして送ってあげるから。ゴールドでね」

その瞬間、同僚の言葉がふと頭をよぎった。そのドレスじゃ肌の露出が多すぎる、から始まって、カーテンはゴールドがいいと言われると……目の前に光が走り、真っ白になって、何も見えなくなった。本当にこれからが本番なのだろうか。怖くて、もやもやしたが、嫌だとは言えなかった。たかがカーテンの色という単純な問題ではない。


結局、最初自分で選んでいたマーメイドベアトップドレスを着ることにした。また気が変わったと私がいうと、プランナーはそれでいいんです、と言ってくれた。

「実は、義理の親が嫌がるので変えようと思ったんです」

「ドレスを決めて、サイズ調整に入る段階になって突然デザインを変える方はほとんどが、露出が多いからという理由なんです。ご家族が嫌がるからと。でも本音を言うと、花嫁さんが着たいものを着ていただきたいですよ。そうじゃないと後悔しますから。一生に一度だけの結婚式ですもんね」

「えっ？　じゃあ、この前電話でドレスを変えたいと言ったときは、どうして、いいですね、って言ったんですか」

「そうすれば、花嫁さんの気持ちがラクになるでしょうから」

「家族がドレスに口出しすることって結構多いんですか」

「ドレスを決めるときに一緒に来られる方は、意外と多いです。ご家族がドレスを決めると、浮かない顔で、はい、はい、と答えて、あとから一人で来て他のドレスを試着してみる花嫁さんもいますし、あとはお義母さんが選んだドレスが着れなくなってしまったと嘘を言ってほしいと頼んでくる花嫁さんもいます。逆のパターンで、お金をあげるから花嫁さんには言わずにこっそり袖をつけてほしいというお義母さんもいますね。いろいろです」

ドレスのサイズ調整が終わって、彼氏とコーヒーを飲んだ。しばらく無言が続き、ようやく私が口を開いた。

「どうしてもあのドレスが着たかったの。あと、決してゴールドのカーテンが嫌なわけじゃないってことはわかってほしい。これからも、こんなふうだと思うの。ハッキリ嫌です、ってお断りすることはあると思う。でもそれって、単に電話をするのが嫌とか、お料理を作りたくないからとか、洗い物するのが嫌だからってことだけが理由じゃないからね」

「うん、どんなときでもキミが正しいよ」

結婚を準備しながら、姉に言われた言葉をなんども思い返した。誰かの妻、誰かの嫁、誰かの母になろうとしないこと。私は私のままで生きていこうと思う。

インタビュー——妊婦の話

はじめまして、ソン・ジソンといいます。いま妊娠九カ月で、十七日が出産予定日です。歳は、フフッ、今年三十八歳ですね。

あ、すみません！　ちょっとトイレに行ってもいいですか？　臨月になったらトイレがすごく近くなっちゃって。本当にごめんなさい。

はい、もう大丈夫です。始めましょうか？　そこを見て話せばいいんですよね？　はい、わかりました。でもすごく緊張しますね。え、そうですか？　いやいや、そんなことないですよ。いますごく緊張してます。

初産《ういざん》です。高齢出産だとよく言われます。でも最近よくのぞくママ向けのコミュニティサイトでは、若いママも多いけど、私ぐらいのママも結構多いんですよ。実は、自分では高齢だって特に思ってないのに、周りから気を付けてとしょっちゅう言われるので、少しは気になってます。保健所で妊娠糖尿病と出産前の検査のクーポンももらいました。あ、それがね、保健所によって補助のある項目が違うんですよ。葉酸と鉄分のサプリメントぐらいはどの保健所でもタダでくれるみたいで、私は車に貼る「赤ちゃんが乗っています」と書かれたステッカーと、いまここに付けてるマタニティマークも保健所からもらいました。超音波検査とか出生前診断とかいろんな検査があるんですけど、それを条件付きでやってくれる保健所もあるし、近くの病院で検査を受けられるようにクーポンを出してくれるところもあります。私が利用している保健所は、三十五歳以上の高齢出産の場合だけクーポンを出してくれるそうです。でも、高齢出産の基準ってもともと三十五歳からですか？　あの保健所がただそう決めてるだけ？

出産準備はほとんど終わりました。ママサイトに準備品リストがいろんなバージョンでアップされてて。エクセルできれいに整理されてるんですよ。それをダウンロードして、子どもがもう幼稚園とか小学校とかに通ってる友達のグループトークに送ってチェックしてもらいました。あと、使わないものがあったら譲ってって頼んだら、ベビーベッドとかベビーカーみたいな大きなものを結構譲ってもらえて。グッズには「国民的」って枕詞《まくらことば》が付くものがあるんですけど、「国民的MC」「国民的俳優」みたいにね。どんな赤ちゃんにも人気のグッズに付くんです。国民的バウンサー、国民的ベビーサークル、国民的モービル、国民的イモムシ。そういうのは全部友達からもらいました。あ、イモムシは本物の虫じゃありませんよ。イモムシの形をしたぬいぐるみです。あと、肌着、ウェア、バギーオール、靴下はプレゼントでいっぱいもらいました。それでも、買わなきゃいけない細々《こまごま》としたものが多くて。体温計、温湿度計、ベビーバス、爪切り、それから母乳で育てられるかどうかわからないから哺乳瓶も買って、搾乳機と母乳パックも用意しました。授乳ブラジャーと授乳服も一つずつ買って、オムツと粉ミルクも少しだけとりあえず買っときました。あとシャンプーと石鹼とローションもベビー用を買って、あ！　チャイルドシートと抱っこ紐とおくるみも買いました。

お金は、ものすごくかかります。できるだけお下がりをもらって、夫とベビーフェスタとかアウトレットとかに出かけて特売品を安く買うようにしたけど、それでもかかりましたね。友達からは、調乳ポットと紫外線消毒器も必要だし、もうちょっとしたら離乳食メーカーも買ったほうがいいって言われました。子育てはグッズ勝負、なんですって。そういう言葉があるらしいんですよ。私も友達に教えてもらったんです。いまは、なにかあったときに手を貸してくれるような親戚と一緒に住んでいるわけでもないし、玄関を開けっぱなしにしてご近所さんと行き来するってこともなくなったから、一人で、一日中、子どもの世話をしなきゃいけないんですよね。だからグッズの力を借りるしかないって。

子どもができてよかったことは……、よくわからないです。まだ顔を見たことも触ったこともない子どもが、急に可愛かったり愛おしかったり、母性愛がどくどく湧いてきたりはしませんから、正直。ただ、かけがえのない貴重な経験だとは思います。一つの命を十カ月間、安全に、責任を持ってお腹の中で育てて、この世に生み出すわけですからね。自分でない誰かと、これほど緊密に、切実に、つながっていたこともなかったんですから。お腹をボコッと蹴られたり、むにゅむにゅと動いてる感じがすると、言葉が見つからないぐらい胸がいっぱいになります。

大変なことは、えーっと、まずは思った以上に体がしんどいです。私の場合、つわりの期間も長かったたし、初期から腰痛がかなりひどくて。消化不良なのに、便秘もひどいんですよ。あと、なんでこんなに痒《かゆ》くなるんですかね。特にお腹と顔が痒すぎてつらい。クリームを持ち歩きながら、公衆トイレでべた塗りしたりしてます。あとご覧の通り、この靴だって夫のものです。足がむくみすぎて自分の靴はすべて履けなくなりました。とにかく、いろいろあって体調はいつも最悪です。

それだけならいいんですけど、うーん、これをどう説明したらいいかな？　妊娠した女性って、世間から嫌われるんですよ。冷たくされるというか冷笑されるというか。少子化で国も出産を奨励してるご時世にどういうことだ、いろいろいい思いしてるじゃないか、なんてことを言う人も結構いるけど、とんだ勘違いです。妊娠してから実際電車やバスに乗ったり、道を歩いたり、レストランに行ったり、会社に通ったりしてみて、どれだけ妊娠した女性がこの社会に嫌われているか、痛感しました。席を譲ってもらえたのって、たったの二回だけ。あと、譲ってほしいなんて思ってもいないのに、前に立っているだけで嫌な顔されるんですからね。妊産婦配慮席【訳注2】が空いているのは見たこともありません。妊娠初期に腰が痛すぎて、一回だけ優先席に座ったことがあるんですけど、そしたらあるお年寄りが指で私の頭を、こうやって小突いてきて。マタニティマークを見せて妊娠中だって言ったら、だからなんだ、妊娠がどうした、と怒るんですよ。どうしたかって？　怖いから黙ってその場を去りました。電車に優先席のステッカーが貼ってあるじゃないですか？　たまにそのステッカーの妊婦と子どものイラストにだけ、バツ印が落書きされているのをみることがあるんです。本当に怖いですよ。私も絵みたいにお腹が膨らんでるから、実際脅かされてるような気がして。

あと、どうしてみんな、ひとこと言いたがるんでしょうね。太りすぎだ、運動しろ、服がぴったり過ぎる、気にせずいろいろ食べていると妊婦だから食べ物に気を付けるべきだと言われるし、じゃあ気を使って食べないでいると、今度は神経質すぎると言われる。お腹の子は男の子なんですけど、それを言うと、今の世の中女の子が必要だってみんな言うんですよ。でも女の子を産んだ後輩の話を聞くと、やっぱり男の子は必要だと散々聞かされてるんですって。み

【訳注2】妊産婦配慮席　地下鉄で優先席とは別に設けられた妊婦のための席。二〇一一年に慶尚北道・大邱広域市で、二〇一二年からはソウル市で導入され、いまは全国に広まっている。敬老思想が根強い韓国では、妊婦であれ若い人が優先席を利用することにためらいがある上に、実際高齢者などから席を譲るよう求められることもあるため、妊婦の保護を目的に別の席を設けるようになった。

んな言いたいだけなんですよね、きっと。それに人のお腹をなんであんなに触りたがるのかな。はい、本当にいるんです！　義母も義理の妹もご近所のおばあさんも、会社の先輩だってなにげなくサッと触ってましたから。自分の身体が公共物にでもなった気がして。ああ、いま考えてもイヤです、ほんとに。母親になった女性には、そんなことをしてもいいと思っちゃうみたい。

あ、休職ですか？　私の会社は名前を聞いてもわからない小さなところで。これまで育休を取った人は一人もいなかったそうです。出産してすぐ復帰するか、退職するかで。私は、今週から産休に入りますが、そのあと一年の育休を取ります。本当は、少し前から休んで出産準備をしようと思って、一カ月前に休暇申請してたんですね。そしたら課長に呼び出されて、こんなに早くから休む理由はなんだと問い詰められたんです。初産の場合は予定より出産が遅れることが多いからって、来週まで、次のイベントまで、その次のワークショップまでって休みを先送りにされて。こんなに大きいお腹して、エキスポのブースに立ったり、オープンマーケットや一泊二日のワークショップに参加したりしました。意地でやりましたね。そして毎日毎日、課長に育休申請の決済をもらいにいきました。そしたら今度は、一年も育休を取るんなら元の部署に戻すとは約束できないって言われて。「ソン課長が社長だったらどう思うかね、仕事もしてないヤツにカネを払いたいと思うか？　そんな人間と一緒に仕事していきたいと思うか？」。全部、私を思っているからこその言葉だって。有給やら代休やら全部くっつけて、出産の前後に合計一カ月までなら休ませてやると言われました。

それで調べてみたら、産休と育休は強行法規で、拒んだり条件を付けたりしたらダメなんです。私みたいに要件を満たしている労働者が申請したら、何があっても認めなきゃいけないんですよ。守らなかった場合には、懲役刑や罰金刑にもなります。その内容をプリントアウトして持っていきました。そしたら、罰金なんて払えばいい、こんなことされたらもう女性社員なんて怖くて採用できない、と言われてしまって。涙が出ました。それで全社員宛てにメールを送ったんです。理事長、社長にも届くように。はい、記事になったあのメールです。ある社員がそれを自分のSNSにアップしたらしくて。それをまた誰かが自分のSNSにアップして、ニュースにもなって。そんな感じです。

もう、大変でしたね。会社のメンツが丸つぶれだの、世の中出産してるヤツは他にもいるんだだの、君が休んでいるあいだその穴を誰が埋めるのだの、自分勝手だの、非難轟々《ごうごう》でした。すごくストレスになってお腹が張ったり、出血したり、救急センターに運ばれたりしたんですよね。でも、共感の声もあっちこっちからいただいたし、応援しているというメッセージもたくさんもらいました。特に未婚やまだ新婚の女性社員から切実な声が届きましたね。総務課にいる女性の係長が、自分のことのように応援してくれたんです。係長は出産から一カ月で復帰したそうです。それから体じゅうが痛むようになって、他の社員にまでこんな目に遭ってほしくないと。はい、そうです。ラジオのインタビューに出ていたあの方です。会社を辞める覚悟で、インタビューに応じてくれたんですよ。結局私の休暇申請は、提出から一カ月を経て部長、理事、社長の承認までもらうことができました。

褒められたくてやったことじゃないから、こうして話題になるのもちょっと気が重いんです。あとで復帰したら社長、理事、部長とまた顔を合わせなきゃいけないし。でもやっぱりこうして顔が知られれば、そう簡単にはクビにできないだろうという思いもあります。いまの時代に、まだ結婚や出産を理由にクビになったり育休を使わせてもらえなかったりするのかって？　そうですね、まだそんな時代なんですよ。古い体質の会社って多いですから。一年後に無事復帰できれば、私が育休取得第一号になります。とりあえず第一号が出れば、第二号、第三号、第四号と、続くでしょう。

ええ、これ以上言いたいことは特にありません。もう大丈夫です。

カメラを見て夫に一言、ですか？　いや、結構です。そういうことはやりたくないので。

はい、わかりました。ありがとうございます。お疲れさまでした。

ママは一年生

三十八歳のチヘは、外資系金融会社で人事部の次長を務めている。今年娘が小学校に入学し、十二年の社会人生活で最大のピンチに見舞われた。

朝六時三十分、家族で一番に起床した。冷蔵庫からご飯を取り出し、電子レンジで温め、小魚の佃煮と海苔でおにぎりを作った。こんな簡単な料理でさえできる日はまれで、前日に買いおきしたお粥やトースト、お餅なんかで朝ごはんを済ませることが圧倒的に多い。チヘが着替えてメイクを始める頃、夫も起きてきて出勤の準備にとりかかった。

両親がバタバタする音に目を覚ました七歳のソヨンが、目をこすりながらテーブルの前に座る。一日のうち家族三人が顔を合わせられる唯一のチャンス。もとは朝ごはんをとらない夫婦だったが、残業やら出張やらでなかなか子どもと顔を合わせられない夫のため、二年前からはこうして朝ごはんを一緒に食べている。

食べ終わる頃に実家の母がやってきた。

「お母さん、きょうソヨン、学校にファイルを持ってかなきゃなのに、昨日私の帰りがすごく遅くて買えなかったんだ。学校の前の文房具屋さんで買って、名前書いてやってくれる？　ソヨンのペンケースになまえペンがあるから、絶対忘れないでね。あとソヨンちゃん、今日は体育のある日だからズボンはいていくのよ。この前みたいにおばあちゃんにわがまま言ってワンピース着てったらダメだからね！　あと顔洗うときに目ヤニもちゃんと取ること。わかった？」

　身なりを整え、カバンを持ち、靴を履きながら念には念を押す。実家の母がそんなチヘの背中を押した。

「あんたこそしっかりしなさい、あんたこそ。今日は、鍵忘れた、社員証忘れたとか言って戻ってこないでよ」

　ソヨンの出産で三カ月間の産休を使った以外、チヘは仕事を休んだことがなかった。新米ママの頃は、ソヨンが体調を崩したり保育園で一人残っていたりする姿をみるたびに涙に暮れていたが、いまではそんなことで悲しんだり罪悪感を抱かない程度には鍛えられていた。なのに、ソヨンが小学校に入学してからの一カ月は、毎日がしごき訓練のようだった。娘は平気そうに学校生活を送っていた。慣れるまでに時間が必要なのは母のほうだった。

　三月二日の入学式〔韓国では三月から新年度が始まる〕は夫婦ともに一日休みを取った。一時間で式が終わり、午後は一緒に外食をして、学校で必要なものを買いに行った。すぐ翌日には筆洗いバケツ、上履き、鉛筆三本、消しゴム、十二色入り色鉛筆、二十四色入りクレヨン、連絡帳、ウェットティッシュ、ティッシュペーパー、ファイルボックスを、さらに月曜日には十五センチ定規、十二色入りサインペン、なまえペン、ハサミ、のり、色紙、ミニちりとりセットを、すべて名前入りで、蓋のあるものには蓋にまで名前を書いて持っていかせなければいけなかったのだ。近くのスーパーではファイルボックスとちりとりセットが在庫切れだったので、わざわざ学校前の文房具屋に引き返して購入し、それから家に帰ると三人そろって買ってきたものに名前シールを貼った。近所のママ友から、三月には配送が遅れがちになるから、早めに名前シールを注文したほうがいいと言われていなかったら、ひどい目に遭うところだったと思う。チへは名前シールなんてものがあることも知らなかった。あの日は、ただただ心がときめき、嬉しかった。

次の日は午前に半休を取った。職員室で朝八時半から先着順で受け付けるという放課後クラブに申し込むためだった。ソヨンは学校が終わったら学童保育に行かせるつもりだが、学童だけよりも校内で美術や科学実験のクラブに参加して、楽しい時間を過ごしてもらいたかったのだ。朝から列ができるというので七時半ぐらいに家を出た。ひょっとして私だけ？　と思っていたら、キャップを目深《まぶか》に被って校門を走り抜ける他のママたちの姿が目に入った。チへも建物の中へ駆け込んだ。すでに三階の職員室から廊下、階段を通って二階の廊下まで、長蛇の行列ができていた。英語クラブは受付がすでに終了していて、美術と科学実験と漢字クラブになんとか滑り込むことができた。そんなチへの気持ちも知らず、ソヨンは漢字なんかやりたくないとべそをかいた。

次の週の新入生保護者説明会は出席できなかった。保育園で一緒だったママ友が、授業の日程、行事予定、学校生活での注意事項などを書いたプリントの画像をカカオトーク〔スマートフォン用の無料メール・電話アプリ〕で送ってくれた。

さらに次の週には授業参観と保護者会があった。会社の先輩の話では、三年生ぐらいになるとクラスで半分も参加しなくなるが、一年のうちは子どもが寂しい思いをするかもしれないから参加したほうがいい、ということだった。上司に嫌な顔されたって今年まではしかたない。そう腹をくくって、チヘはまた休みの申請をした。授業参観に来たパパたち、ママたちのことは気にも留めずに、子どもたちは教室の中をカエルのようにぴょんぴょんと跳ね回り、おしゃべりをして、甲高い声で笑っていた。教室から飛び出したり、床を這いまわったりしないというだけでも感心し、不思議な気がした。一人ずつ前に出て、自己紹介をし、将来の夢を発表するという授業だった。ソヨンは自分の番になると、緊張のためか身体をくねくねさせながら、子どもらしいしゃべり方で発表をはじめた。

「わたしは～絵をかくことが、すきで～、大きくなったら～デザイナーに～なりたいです～」

そうなんだ、デザイナーになりたいんだ。初耳だった。お絵描きが好きなのは知っていたが、職業のことまで知っているとは思ってもいなかった。心がじんとして、授業参観に来てよかったと思った。

保護者会のときは、担任の先生がクラスの運営計画について短い説明をし、保護者代表の二人と朝の交通当番七人を決めた。手が挙がったのは交通当番ならやってもいいよという保護者四人だけ。あと五人選ばなければいけない。目が合わないようママたちがうつむいていると、これじゃあ今日中に終わりませんねえ、と先生が半分脅かすように言い、ついには一人ずつ名指しで頼み込んできた。チへも名前を呼ばれたが、「仕事があるもので、すいません」と答えた。結局心弱いママたちが手を挙げてなんとか定員がうまった。先生は無理強いをして申し訳ないとしきりに頭を下げてお礼を言った。どうして先生と保護者たちが互いにやましさを感じ、大変な思いをしなければいけないのだろう。胸がふさがるようだった。

次の日、休憩時間に同僚とコーヒーを飲みながら、保護者会での話を持ち出した。小学生の子どもがいる先輩がため息をついた。

「それはマシなほうよ。うちのとこは図書館ボランティアに、資料室ボランティアに、学校周辺の有害施設監視までママたちにさせてるんだからね。子どもを頼んでることへの罰だね」

すると、横で話を聞いていた部長が舌打ちをした。

「母親連中が出しゃばりすぎなんだって。うちのカミさんなんか、そんなところに一度も顔を出したことがないぞ。それでも息子はなんの問題もなく、今度高三になるしな」

私が、出しゃばりすぎってこと？　なんの対価ももらわずに大変な思いばかりさせられているママたちが、出しゃばりすぎ？　ありがとうと頭を下げてもいいところなのに、どうして母親を侮辱するわけ？　怒りがこみ上げた。

「部長、じゃあ息子さんがいま何組にいるか、ご存じですか？」

部長は口をつぐんだ。翌週は保護者面談の予定だった。一日休みを取りたいと申請して部長の決済をもらうのも気が進まず、電話での面談にしてもらおうかとも思ったが、結局午後の半休を取って学校に行った。実は、休みをとる度にスケジュール調整が大変で、残業や休日勤務をしてなんとか帳尻を合わせていたのだ。しかし毎日学校行事があるわけでもないし、年度はじめに授業参観や面談で二、三回休みを取ることがいけないことのようには思えなかった。むしろ親として子どもに、その程度の関心と時間を傾けられないような会社なら、そんな会社こそが変わるべきじゃないか。自分の子どもが何組かもわからない部長、学校行事への参加がすべて母親の役割だと思い込んでいる夫こそが変わるべきなのだ。二学期の面談には、夫が行くことになった。

テコンドーの先生がゴムボールを一斉に転がした。

「女の子は右のかごに、男の子は左のかごに入れてください。よーいどん！」

わあああ、という歓声を上げて子どもたちが一心不乱にボールを集めはじめた。三、四、五月生まれの子どもたちの誕生会。ママたちのグループトークでアンケートを取り、三カ月に一回、誕生会をかねた遊びの時間を持つことにした。第一回目のお知らせで集合場所が「白虎《ベコ》テコンドー道場」となっていて何かの間違いだろうと思っていたら、最近はテコンドー道場で誕生会を開くことが多いと教えられた。ゲームもいっぱいできたし、チキンもピザも好きなだけ食べられたとソヨンは上機嫌だった。自分の誕生会はいつなのかと、何度も何度も確かめていた。

保護者になることは思った以上に大変で疲れることではあったが、恐れていたほどではなかった。一人で寂しい思いをすることも、ゆきづまることもない。クラスのママ代表が毎日連絡帳の写真を撮ってグループトークにアップしてくれるので、会社にいるあいだに宿題や明日持っていくものを確認することができた。授業や準備品などで気になることがあってグループトークで質問すると、高学年のきょうだいがいるベテランママが丁寧に教えてくれた。面談の日に先生から言われた何気ない一言にも励まされた。ソヨンはまだハングルが書けない、まだ算数を習わせていない、箸が使えないと娘に足りないところを並べ立て、私が仕事してるもんですから、と弱音を吐くと、先生がにこっと笑ってこう言ってくれたのだ。

「私も学校の仕事しながら、男の子と女の子の二人、育ててるんですよ」

学校運営は理不尽なところがいっぱいで、いまだに保護者の無償ボランティアが欠かせない。会社は業務量が多すぎて、子育て中の社員への配慮なんてちっとも期待できない。夫は育児を母親の仕事だと思い込み、そんな状況のなかで孤軍奮闘しているママたちを社会は「出しゃばりだ」と罵倒する。それでもママたちは、仕事を持っていようが専業主婦だろうが関係なく、助け合い、自分のベストをつくしている。チヘは思った。変わるべきはママたちではなく、夫と学校と会社と社会だと。ソヨンは放課後クラブで、仲良しの友達ができたそうだ。

なにはともあれ、無事に、本当の春が巡ってきた。

運のよい日

ミンジョンは結婚五年目の会社員だ。去年の秋、いま住んでいるマンションのチョンセ〔高額の保証金を大家に預けて家を借りる韓国特有の賃貸システム〕契約を更新したから、マイホームを手に入れるという夢は半ばあきらめている。

仕事帰り、隣に住む同い年の女性と同じエレベーターに乗り合わせた。まもなく再開発で建て替えが始まるマンションを契約してきたところだという彼女は、「ミンジュンくんママもモデルルーム見に行ってきたら?」と誘ってきた。ミンジョンは首を横に振った。

「契約更新のときに保証金を値上げされて、請約預金〔分譲マンションの購入を目的とする預金。口座開設からの年数で入居の優先順位が決まる〕まで使ったからすっからかんよ。そもそも家を買うお金もないけど」

「住宅組合に加入して入居するかたちの物件だから、請約預金は要らないのよ。入居まであと五、六年はかかるらしいし、お金はそれまでにまた貯めればいいでしょ。これからもずっとご近所さんでいようよ、ね?」

担当してくれた人がとてもテキパキしていたから、その人と相談できるよう予約を入れてくれるとも言う。とんとん拍子に、土曜日の午前十時にモデルルーム見学が決まった。

夫のソクジュンはあまり気が乗らないらしかった。そんなに早くミンジュンが起きられるか、おまえつわりがあるから人の多いところに行くのは無理だろ、もしかしたら休日出勤を言われるかも、と行けない理由を並べ立てた。土曜日の朝、ミンジュンはすっきり早起きし、ミンジヨンはつわりが落ち着いてご飯一杯をぺろりとたいらげ、ソクジュンの会社からはなんの呼び出しもなかった。


すでに二十人ほどが列を作っていた。スタッフに予約している旨を伝えると、すぐに入り口へと案内された。すると、列に並んでいたお年寄りがドアのガラスをバシバシと叩いて文句を言い始めた。

「割り込みはよさんか。こういうのもコネがなきゃ見せてもらえないってことか?」

「こちらはご予約のお客様なんですよ。さっきも申し上げましたが、待つのが大変でしたらご予約のうえ、日を改めてお越しください」

「何ふざけたことを言ってるんだ。二度も足を運べだと? どうせ入居前にくたばると思ってんだろ? おれは百歳まで死なんぞ」

「はいはい、どうぞお元気で。ではもう少々お待ちください」

ざわつく待機の列を通り過ぎて建物の中に入った。勝ち組にでもなったような妙な感じがした。男性用化粧水のにおいを漂わせてやってきた担当者に希望する部屋の大きさを訊かれ、ミンジョンは思いつくまま三十坪ぐらいと答えた。担当者は頷くと、三人を二階の展示場へと案内した。担当者、ミンジョン、抱っこ紐でミンジュンを抱えたソクジュンの順に階段を上った。急勾配な階段のせいでミンジョンはお腹が少し張ってきたが、狭い階段を上る人と下る人がベルトコンベアのように一定の速度で動いているため、足を止めることも列から外れることもできなかった。

四組の客がすでに見学中だった。ミンジョンたちが合流すると、担当者はやたら敬語を使ってモデルルームを説明した。

「こちら二十七坪タイプですが、三十四坪タイプも構造は同じようにさせていただいております。二つあった部屋を一つにして、パーテーションの代わりにオープンラックを置かせていただきました。ベランダは奥の部屋だけにして、すべての部屋を広くしてございます。間取りをかなり工夫させていただいているので、三人家族なら二十七坪タイプで十分かと思います」

もじもじしながら担当者の後をついていくミンジョンたちと違って、他の客はリラックスした様子で展示場をゆったりと回り、引き出しを開けてみたり、椅子やベッドに腰かけたり、唾をつけた指で壁紙をこすってみたりしている。スタッフをつかまえて質問する人、客同士で感想や情報を交換しあう人もいた。

美容室で読む雑誌の中でしか見たことのない家だった。鏡面仕上げのクローゼット、大理石のキッチン、北欧風キッチンカウンター、木製棚は基本プランに入ってるとして……。ミンジヨンはオープンラックだけは絶対置きたいと思い、ソクジュンはセッティングされているのと同じチェックのテーブルクロスを買おうと思っていた。お腹の子どもも入れると四人家族だけれど、担当者の言う通り二十七坪タイプでも十分な気がした。ベランダ側の窓に貼られた夕焼けの写真を眺めながら、ミンジョンとソクジュンは胸の奥からこみ上げてくるような喜びに浸っていた。

二人はそのまま三階にある事務所へ向かい、相談カウンターの椅子に腰を下ろした。隣の老夫婦は、いつから転売ができるのかと尋ねており、その隣の中年男性は、共同名義だから自分は二分の一ずつの家を一軒所有していることにならないかと詰め寄っていた。よくわからない話だった。担当者は「組合加入申込書」と書かれた書類をテーブルに置くと、こう言った。

「一坪あたり二千万ウォンとお考えください。この辺の相場からすると、本当にお手頃価格になっています。何よりここは、ウンビョル小学校とウンビョル中学校の学区ですからね。組合加入形式のマンションなので、入居まであいだが空くのが唯一のネックですが、まあ、こちらのお子さんの小学校入学までにはなんとか入居できそうですしね。道路をはさんだウソンマンションだって、ウンイル小学校学区ですから。ウンイル小学校には、住宅街に住む朝鮮族〔中国国籍を有する少数民族の一つ。主に中国吉林省延辺朝鮮族自治州（延辺）に住んでおり、中国語と朝鮮語を併用する。韓国在住の朝鮮族が差別の対象になることもあり、社会問題となっている〕の子たちが通ってること、ご存じでしょ」

あと五年でいくら貯金ができるだろう、あとどれぐらいローンを組めばいいんだろう、とミンジョンが考えをめぐらせていると、ソクジュンが担当者のほうに体を乗り出し、質問した。

「本当に請約預金の通帳がなくてもいいんですか」

「そうです。組合員として入居されるんですから。一般の分譲と違って、部屋も指定できますよ。あ、ただ組合への加入には条件がありまして、世帯主であること、六カ月以上ソウルに居住していること、三十四坪未満の家を一軒以上持っていないってことなんですが、そこは大丈夫ですよね」

もちろんだ。ソクジュンは世帯主だし、ソウル生まれのソウル育ちだし、家なんて一軒も持っていない。二十七坪タイプを契約していた人が三十四坪タイプに変更したので、初日に売り切れた人気物件に一つ、ちょうどいま空きが出たばかりだという。自分の顧客のキャンセルだからまだ他は知らない情報だと、担当者はやや得意になって言った。

「お客さん、本当に運がいいですよ」

担当者は申込書に二〇三棟一五〇三号室と書き、説明を続けた。

「契約金は分譲価格の十パーセント。ですから五千五百万ウォンですね。いま二千万いただいて、来月また二千万、三カ月後に残金をご入金ください。今日は二千万ウォンだけいただければ結構です」

今日は、二千万ウォン、だけ？　そんなの、あるはずがない。もともと保証金の支払いで五千万ウォンのローンを組んでいるうえに、去年の秋に保証金を八千万ウォン値上げされたため、ありったけの預金をかきあつめ、積立と請約預金も解約、それでも足りずにまた四千万ウォンのローンを組んだのだ。いま二千万ウォン、来月また二千万ウォン、三カ月後にまた千五百万ウォンなんて用意できるはずがない。ミンジョンはフロアを見渡してみた。ここにいる人はみな、いますぐ二千万ウォンが用意できるってことだろうか。二千ウォンでもなく、二千万ウォンが？

かちりとはまるジグソーパズルのピースのように、すべてがうまい具合に収まっていった。部屋の大きさ、間取り、場所、入居時期までがぴったりだった。組合員に加入できる条件もクリアしていた。だが、契約を交わすことはできなかった。どうして契約金があるはずだってことに気付かなかったんだろう。ミンジョンとソクジュンは頭の中で同じことを考えていた。それはそうだ。朝から運がよすぎたのだ。

彼女たちの老後対策

　私は瑞草洞《ソチョドン》で法律事務所を開いている弁護士で、最近、一件の無料法律相談を引き受けた。

　電話番号は互いに知っていたが、電話がかかってきたのは初めてだった。画面に表示された「カン・ミナ」という名前を見て、カン・ミナ？　あのカン・ミナ？　ミナさん？　としばらく思いをめぐらせていた。

「いま忙しい？　ちょっと話せる？」

「はい、今日は休みですから。どうされました？」

「そっか。休んでるとこごめんね。ちょっと相談したいことがあるんだけど、弁護士の知り合いってあなたしかいなくて」

　本当は運転中だった。朝七時三十分から始まる朝食ミーティングに参加し、依頼人と接見するために拘置所に向かっていた。こちらとしては気楽に話してもらいたくて休みだと言ったのだが、かえって謝らせてしまった。二十年来の知り合いなのに、私とミナさんはいまでもこうして相手に気を使ってばかりいる。そのせいだろうか、ミナさんとお近づきになれないのは。

少し前にミナさんの恋人が体調を崩して、いろいろ大変な目に遭ったそうだ。
「思えば私ももう四十代半ばでね。そろそろ準備が必要だろうと思ったんだよね。あなたでもいいし、こういう話が専門の弁護士を紹介してくれてもいいんだけど」

ミナさんがサークルのメンバーたちを引っ越しパーティに招待してくれたのはもう十年も前のことだ。当時、司法試験の勉強で集まりにはあまり顔を出せずにいたけれど、パーティには出席した。おんぼろの市営住宅の外壁に走っている太くて長い亀裂、リビングの壁一面をぎっしり埋めつくした大小さまざまな本、細長いテーブル、テーブルの上に置いてあった花束と小さな額縁、額縁の中のミナさんと恋人さんが笑い合っている写真……。いくつか断片的な記憶が頭にはっきりと浮かんでくる。あの日、私は泥酔して泣きじゃくった。ミナさんの恋人にどうして泣いているのかと聞かれると、ミナさんを幸せにしてください、絶対別れないで、と訳のわからないことをまくし立て、彼女の胸にすがったまま眠ってしまった。勉強が大変なんだろうね、という声を夢うつつに聞いた気がする。

会社に出勤したミナさんの恋人はいつものように同僚たちとタバコを吸いに行き、胸やけがするからとすぐに事務所に戻った。もう吸ってきたの？　と隣席の同僚がミナさんの恋人に言った。
「胃もたれしたみたい」

「朝からご馳走食べてきたんでしょ」

「何も食べてないけどね。なんで胃もたれしたかな。ゆうべもいいかげんな食事だったのに」

話をしている間もお腹が痛くてみぞおちを押さえ机に突っ伏していると、軽口をたたいていた同僚の顔が一気にこわばった。心筋梗塞で亡くなった父親と症状がそっくりだったという。同僚に手を引っ張られタクシーで近くの大学病院へ向かったのだが、ロビーに入るやいなや気を失ってしまった。予想通り、急性心筋梗塞だった。すぐにステント治療を受け、意識がまだ戻らぬうちに、会社の人事部がミナさんの恋人の両親に連絡を入れた。両親は集中治療室の待合室を片時も離れず、母親は面会時間になると治療室に入って、涙しながらお祈りをした。

その日はミナさんも一日中仕事に追われていた。二回電話をかけても出なかった恋人に忙しいのかとメッセージを送ったことも忘れてしまった。仕事帰りにようやく、恋人がメッセージをまだ読んでいないことに気が付き、ふたたび電話をかけてみたが、今度は携帯に電源が入っていなかった。おかしいと思いながらも、バッテリーがなくなっただけだろうと思い、とりあえず家に帰った。しかし、家にも恋人の姿はなく、電源は入らないままだった。突然、抑えていた不安がどっとあふれだした。恋人の会社の電話番号は知らなかった。携帯があるから、わざわざ会社に電話するまでもなかったのだ。

ミナさんはタクシーで恋人の会社へ向かった。がらんとした受付。帰りが遅くなった社員たちの姿だけがちらほらと見えた。事務室に行ってみようかな。通りすがりの人にアイツのことを知ってるかと聞いてみようかな。変な人だと思われないかな。頭の中であれこれ悩んでいると、恋人が持っているのと同じ社員証を首にぶらさげた女性がエレベーターから降りてきた。

「あのう、ここで働いてる友人に会いに来たんですけど。名前はキム・ヒギョン、マーケティング部です。今日一日連絡がつかなくて。マーケティング部にはどうやって連絡すればいいですか」

女性は首をかしげると、後ろからやってきた別の社員に聞いた。

「今日倒れた人、何部って言ってたっけ？」

「マーケティング部じゃなかった？」

突然足から力が抜けて、二、三歩後ずさりした。女性がミナさんの腕をとりながら、慌てた口調で付け加えた。

「あ、ハッキリしてないんです、お友達かどうか。余計な心配をさせてしまいましたね」

「倒れたって？　どうしてですか？　その人、いまはどこに？」

「そこまではちょっと……。会社で突然倒れて通りの向こうの大学病院に行ったとか、会社に来る途中に地下鉄で倒れて近くの病院に運ばれたとかいう話もあって」

別の社員が女性の背中を突っつくと、ミナさんに言った。

「お友達、なんですよね？　でしたら、ご家族の方に連絡してみてください。会社から家に連絡がいったそうなので」

不審に思われている。それはそうだ。電話に出ないからって、会社まで駆け付ける友達なんていないんだから。それ以上は話を聞くことができなかった。恋人と同居を始めて十年。二人は互いのことを唯一の家族だと思っていた。この人が言う家族とは、いったい誰のことなんだろう。家とはどこのことなんだろうか。何も言い返すことができずに踵《きびす》を返したが、悔しいなんて微塵《みじん》も思わなかった。いまは恋人の居場所を調べるのが先決だった。

まずは、会社の近くの大学病院へ向かった。今日倒れて運ばれたとしたら、まだ集中治療室にいるかもしれない。二階にある内科の集中治療室で問い合わせたあと三階に上がり、心臓内科の集中治療室の前で恋人の母親と鉢合わせになった。お願いだから娘をあきらめてと、ひざまずき泣いて懇願していた、恋人の母親。当時は娘の顔も見たくないと言い張っていたが、数年前からはまた恋人と連絡を取り合っているという。昔ほどではないにしても、母娘の関係はかなり改善しているようだった。だが、娘の女の恋人のことは到底受け入れられないと言い渡した。

「あの日、お母さんに三十回ぐらい殴られた気がするね。全部私のせいなんだって」

ミナさんは半分あきらめ顔で力なく笑った。恋人がミナさんの手を、ぎゅっと握りしめる。親指に同じ水色のハート型ストーンを載せた、白くて小さな二つの手。指を交互に絡ませているので、どちらがどちらの指かわからない。私はミナさんの恋人に、「いまはもう大丈夫なんですか」と尋ねた。

「手術は無事に終わりました。一生アスピリンを飲み続けなきゃ、ですけどね」

「もうタバコはやめたほうがいいですよ」

返す言葉が浮かばず思いつきで言ってしまったが、ミナさんが隣で、そうだよ、と調子を合わせてくれた。二人はともに安定した職業と収入を手にしている。勉強を怠らず、コツコツと実績を積み重ね、実力をつけてきた。病気に備えて医療保険といくつかの年金型保険にも入っている。いつも忙しくて大変だし、特に保険料の負担が重荷ではあるけれど、社会のセーフティーネットからはみ出していると思い、自らの力で老後に備えているのだ。だが、今回のことで初めて、本当の老後対策はそういうものではないことに気付いたと言う。

私はまず二人に、任意後見人制度について説明した。ケガをしたり病気になったり、その他にもあれやこれやの理由で財産管理や身上監護ができなくなったときに、自分の代理となってくれる後見人をあらかじめ決めておくという制度である。公正証書を作成し、登記すればいいだけのことだが、簡単な手続きとは言え、こういうことに慣れていない二人には難しく感じることもあるかと思い、私が手伝うことにした。延命治療に関する意思については、事前延命医療意向書《リビング・ウイル》〔十九歳以上の者が、延命治療の差し控え・中止など、ホスピス緩和医療の意思を表明する書面。韓国では二〇一八年にホスピス延命治療法が施行、事前延命医療意向書の作成・登録の方法が法制化された〕を作成し、登録する予定だ。財産に関する遺言も残しておきたいと言うので、死亡時にすぐ執行できる公正証書遺言を作成しておくことにした。同じサークルの先輩二人が、証人になってくれるという。

「法的な枠組みの中でできることはひとまずこんな感じかなあ。あとはもう少し調べておきますね」

「ありがとうございます」

ミナさんの恋人は、丁寧に頭を下げてお礼を言うと、握手を求めてきた。すべすべしてぬくもりのある手。汗で湿ってもなくべたつきもせず、だからと言ってパサついていたりかさついていたりもしていなかった。たった三回しか会っていないけれど、会うたびに好印象を与えるタイプだ。あとは元気でさえいてくれればいいんだけど……。

帰り際にミナさんは、事務所のスタッフに相談料の支払い方を聞いた。もらわないという私、絶対払うというミナさん。帰りのタクシー代にしてと互いのポケットにお金をねじ込もうとするおばあさん同士のように、私たちは小競り合いをし、ついに私が勝った。ミナさんはあたふたしていた。

「そんなつもりで連絡したんじゃないのよ。仕事の邪魔してごめんね。本当ごめん。そしてありがとう」

「自分にも必要なことだから調べただけです。なので気にしないでください」

勇気を振り絞っての告白だった。誰も気に留めなかったらしく、私の告白はそのまま空中に散ってしまったけれど、一方では誰にも気づかれなくてよかったとホッとした。

ずっとミナさんのことが好きだった。長いあいだ一人で悩んでいた。気持ちを伝える前に、理解してもらわなければいけないことが多すぎた。何より、ありのままの自分をさらけ出すのが怖かった。ミナさんから恋人を紹介されたとき、私が驚き、慌てていたのは、みんなが思っているような理由ではなかった。むしろその反対だった。ずっと後悔し、自分を恨んだ。実は今でも心残りはある。

ミナさんのように、ずっと一緒にいたい人に出会えたら、それで私も同じような法的手続きをとることになったら、その時はミナさんと彼女の恋人に、証人になってほしいと言うつもりだ。

声を探して

ミンジュは、ある地上波の放送局のアナウンサーだ。

ストライキを始めてちょうど一カ月が過ぎた頃だった。ジョンウの朝の登校準備は、義母ではなくミンジュの役目になった。朝八時五十分、ミンジュは道向かいの小学校までジョンウを送った後、夫と一緒に会社へ向かう。職場結婚で部署も同じなので、もともと夫とは長い時間を一緒に過ごしている。ストライキが始まってからはなおさらで、ほぼ一日中くっついていた。だからといって愛情が深まることはない。夫婦ともに仕事も収入もなく、この状態がいつまで続くかわからない中、相手にいい感情が持てるわけがない。

運転中ずっと押し黙っていた夫が、車を停めながら何気なく尋ねてきた。

「おまえ、明日から会社に来るのやめたら?」

毎朝、会社のロビーで労働組合の全体集会がある。参加は自由だが、特別な理由がない限りほとんどの組合員が参加する。集会が終わると、アナウンサーだけで集まり、昼ごはんを食べ、会議をする。声明の発表や不当配転拒否の仮処分申請など重要な案件を処理するためでもあるが、集まること自体にも意味がある。半分追われるようにして他の部署に異動した人、局には残ったものの放送に出られなかった人、ときどき出演できた人……。それぞれの立場も、抱える感情も異なり、溝があまりにも深くなっていた。ストライキ以降、毎日顔を合わせ、話し合うことで、その溝を少しずつ埋めている最中だ。それなのに、もう集会には出るなと？　ミンジュはすぐに夫の意図を察知した。

「どうせお小遣いはこれまで通り渡さなきゃいけないのよ。お義母《かあ》さんにとっては唯一の収入源だから」

「いまうちの家計がどれだけマイナスかわかってんのか？」

「一生ストしてるわけじゃないでしょ。またすぐジョンウを預かってもらわなきゃいけないの。だって、言えないでしょ？　今はスト中でジョンウをお願いしなくていいのでお金も渡しません、ストが終わったらまたジョンウをみてもらってお金もお渡ししますから、なんて」

「俺が言うさ」

「あなたには、そうね、そうしようって答えて、私に文句の電話をよこすに決まってるわよ」

ミンジュはエンジンが止まるとすぐに車から降り、一人で駐車場を出た。酒をあおりたくなったがまだ朝だった。

五年前にも夫婦は六カ月間のストライキに同調した。無理な資金繰りをして家を買った一年後のことだった。夫婦ともに収入がゼロになり、毎月二百万ウォンを超えるローンの支払いに苦しんだ。郊外に引っ越そうかとも思ったけれど、ジョンウがようやく団地内の保育園に慣れ始めていた。ジョンウの面倒をみてくれる義母も同じ団地に住んでいる。到底引っ越しは無理だった。家を売って近くにチョンセで家を借りようかとも思った。しかし、不動産屋を何軒はしごしてみても空き物件が見つからない。ミンジュの住んでいる地域はチョンセ〔九四ページ参照〕の物件が品薄とニュースに取り上げられるほどだった。どうすればいいか迷っているうちに、銀行ローン、加入している保険会社からの貸し付け、マイナス通帳〔金融機関が決めた限度まで自由に借り入れができる通帳〕まで、借金の種類と金額だけが増えていった。自分の信念がどうこうという問題じゃなくて、生活ができるかどうかの問題なんだなあ。だが、そんな悩みを顔に出すことはできなかった。世の中に自分同様闘っている労働者がどれほど多いか、彼らがどんなに厳しく、極限にまで追いつめられているか、ミンジュはよく知っていた。生きるのがつらくてしんどいと思うことさえ申し訳ない気がして、苦しくて寂しい気持ちを抑え込んだ。

ストライキはなんの成果もないまま終わってしまった。その後ミンジュは、理由も聞かされずに司会をしていた番組の降板を次々に命じられた。同僚のなかにはこれまでとまったく無関係な部署に配属され、広報資料を作ったり台本をチェックしたり社会事業の企画を立てさせられたりする人もいた。ある日、番組審議室に異動した先輩から突然電話がかかってきた。

「私の声、どう思う？」

「えっ？」

「自分がどんな声出してたか、思い出せないのよ。自分に聞こえる声と、他の人に聞こえる声って違うからね」

その瞬間、ミンジュも自分がどんな声を出していたか思い出せなくなった。なんだか少し寂しい気がして、ことさら明るい声を繕って言った。

「前と一緒ですって」

嘘だった。最近先輩は以前と違い、低い声、ゆったりとした口調で話す。家に帰って夫の声に耳を澄ましてみた。ちょっぴり重い口調で、発音が少し聞き取りにくくなっている印象を受ける。私の声、イントネーション、発声も変わっているんだろうか。怖くて確認する気にはなれなかった。

それから一カ月も経たないうちに、その先輩は会社をやめてしまった。退職届を出す前日、先輩はミンジュを呼び出して申し訳ないと言った。ミンジュは引き止めた。考え直してほしい、もう少し一緒に頑張ってほしいと説得したが、先輩の決心は揺らがなかった。悔しくない、恨めしくないと言えば嘘になる。ただ、どれほど苦しみ、どれほど悩んで下した結論かがわかるので、思いっきり恨むわけにもいかなかった。ミンジュは先輩が置いて行った小さなサボテンを自分のデスクに持ってきて育て、アナウンサーの仲間はどんどん会社を去っていった。

いつ終わるかもどんな結果が出るかもわからない闘いが五年も続き、その間、身体も心もズタズタに傷ついた。特に二回目のストライキが始まってからもジョンウを義母に預け続けたことでマイナス通帳がさらに増え、夫婦の仲がギクシャクした。険悪な空気がピークに達したのは、ミンジュが芸能事務所からスカウトされたときだ。パーソナリティを務めていたラジオ番組で知り合い、本当の姉妹のように親しくなった歌手から連絡がきた。契約金は生活を立て直しても余るほどで、その他の条件も非の打ち所がない。放送局の他のアナウンサーとも交渉中とのことだった。話を聞かされた夫は一秒の迷いもなく言った。

「同じところで仕事していて、二人ともいろいろやりにくいところもあっただろ。話があるうちに移っときなよ」

あえて言えば、ミンジュのほうが夫よりも少し有名だった。どちらかが退社するときはミンジュでなければいけないという暗黙の了解があった。ミンジュに人気番組の仕事が入るたび、メインMCの仕事が来るたび、夫と一緒に道を歩いていてミンジュだけ声をかけられるたびに、夫の顔色をうかがった。夫だってミンジュに負けないほど、自信家でプライドが高いタイプなのだ。

「私たちみたいなサラリーマンは組織の一員じゃない？　手堅くコツコツ仕事を続けていきたいのよ」

淡々とした口調、そっけない態度。当たり前すぎて、返す言葉も見つからない夫の話から別の意味を読み取ってしまう自分が、かえってひねくれているような気もして苦しかった。一度でいいから自分の出した成果を手放しで喜んでほしかったのに、そんなことは起こらずじまい。ところが、そうだったはずの夫が、今回のことには心から喜んでいる。ミンジュは芸能事務所からのスカウトも、夫の反応も嬉しくなかった。

第一、フリーになった自分を想像することができなかった。年齢も経歴も関係なく同等の発言権が与えられる場所、構成員の意見が組織運営や放送内容に正当に反映される場所。ミンジュが経験した会社はそういう場所だったし、そこから離れたくなかった。なによりもおかしくなった会社が元に戻ったとき、遠くから拍手を送るのではなく、当事者として喜び、その瞬間を楽しみたかった。ミンジュは会社に残るという選択をし、夫は今度も淡々とミンジュの選択を受け入れた。

それからミンジュは何度も後悔した。失敗に終わった前回のストライキの記憶が、悪夢のようによみがえってきたのだ。また失敗に終わってしまったら、社内はともかく会社の外でもマイクを握ることができないかもしれない。とても眠れそうになかったある日の夜更け。ミンジュがそっとベッドを抜け出してソファに座り呆然としていると、夫もやってきた。

「起きてたの？」

「ドアの音で目が覚めたんだ」

「ごめん、起こしちゃって」

「いやあ。最近眠りが浅いからさ」

夫も眠れない夜を過ごしているとは知らなかった。同僚とは誤解を解こうと話し合いを重ねていたが、夫との会話は避けてきたことに気がついた。夜明けまでいろんな話をするうちに、夫のほうがミンジュより状況を悲観していることがわかった。これまでの夫の判断を、少しは理解できる気がした。

「五年前もそうだし今回もなんだけど、ものすごくつらいのよね。これは信念がどうこうって話じゃなくて、生活の問題なんだって思って。生計、ローン、利息、育児、そういうこと」

ミンジュも初めてこれまで抱いていた思いを口にすることができた。相手が夫だからできる話だった。

ストライキが始まってから四カ月が経ち、ようやく社長が退任した。ミンジュは元の職場に戻り、アナウンス局を離れていた同僚も復帰した。ただただ嬉しくて胸が高鳴ったかといえばそうとも言えず、複雑な心境で不安だというわけでもない、すべてがごちゃまぜの妙な感じに襲われていた。

仕事場を離れるときは窓から見える街路樹が青く茂っている夏の終わりだったのに、道が落ち葉に埋もれる秋になっていた。しおりを挟んだままの読みかけの本も、冷たい緑茶を入れて飲んでいたボトルも、机の上のサボテンもそのままだった。退職した先輩が残していったサボテン。土は乾ききっていたが、幸い枯れてはいなかった。サボテンに水をやって埃を払ううち、もう先輩はこの会社にはいないんだという思いが胸に迫ってきた。顔をあげてフロアを眺めてみる。会社を去った同僚たちまでが戻ってきて一緒に喜んでいる場面が、まるで映画のワンシーンのように目に浮かんだ。もうすぐ新社長が任命され、放送も正常化し、会社も少しずつ安定を取り戻していくはずだ。だが、すでに会社を離れてしまった同僚たちは戻ってこない。それを思うとやはり胸が痛む。

今にも涙がこぼれ落ちそうになっていたところで、パーテーションの向こうにいた夫と目があった。夫が声を出さずに口を動かした。「お・つ・か・れ」。ミンジュも答えた。「あ・な・た・も・ね」

もう一度かがやく私たち

私はKTX（韓国高速鉄道）の〝解雇女性乗務員〟【訳注3】だ。

ピンポーン。ピンポーン。

玄関のチャイムが鳴った。娘をさっと抱き上げ、足音を殺してトイレへ逃げ込んだ。

「ママ、どちて？」

「シーッ！」

「どちて？　どうちて？」

声を押し殺し、もう一度娘に懇願した。

「シーッ！　静かに。お願い、イェソちゃん」

娘が目を丸くして私の胸に顔をうずめる。ぬくもりのあるやわらかくて小さな体から、かぐわしいようでいて少しツンとくるような子どもの匂いが立つ。おとなしくしていられずにもぞもぞ動く娘を、ぎゅっと抱きしめた。便器に座ったままどれぐらいの時間が経ったんだろう。

娘が空気の漏れるような小さな声で聞いた。

「ママ、まだしゃべっちゃダメ？」

音を立てないようにドアノブをそっと回し、外の音に耳を澄ました。静かだった。娘を便器の上に下ろして玄関に近づき、のぞき穴から外の様子をうかがう。きょろきょろ見回して外廊下に誰もいないことを確かめたあと、トイレから娘を連れだした。携帯電話にメッセージが入っていた。「ご不在のため、荷物は警備室に預けておきました」。宅配だったのか。何も頼んでいないのに何が届いたのだろうと怪訝《けげん》に思った。身体から力が抜けた。娘に申し訳ない気持ち

【訳注3】KTX解雇女性乗務員　KTXの解雇乗務員らは、二〇〇四年一月、鉄道庁（現・韓国鉄道公社《コレール》）が行った乗務員募集に応募し、合格した。入社当時約束された、正社員登用、公務員に準ずる待遇などは守られなかった。乗務員たちは系列会社「韓国鉄道流通」の所属となり、入社から二年が経った二〇〇五年には、別の系列会社との契約を強いられた。その年の十二月、鉄道労働組合KTX列車乗務支部が設立され、乗務員たちはコレールへの直接雇用を求め、ストライキを始めた。コレールは二〇〇六年、系列会社への移籍を拒否した乗務員二百八十人余りを解雇。それからもデモは続き、ついに二〇一〇年、二〇一一年、乗務員三十四人が起こした地位確認請求訴訟の一審と二審で勝訴判決が出るものの、二〇一五年最高裁で判決は覆された。この結果にショックを受けた乗務員一人が自殺、人々を悲しませた。だが、文在寅《ムン・ジェイン》政権の発足とともに就任したコレールの新社長が解雇者百八十人を特別採用すると発表。二〇一九年、解雇乗務員たちはついに復職を果たした。ただし、乗務員としてではなく駅係員としての復職であるため、闘いはこれからも続くと言う。

にもなった。

私は、借金地獄にいる。それも一億ウォンを超える借金。私と同僚は二〇〇八年に地位確認請求訴訟を起こし、一審と二審で勝訴して不当解雇期間中の未払い賃金を受け取ることができた。ところが最高裁で判決が覆され、受け取った賃金八千六百四十万ウォンを四年が経ってから返済しなければいけなくなった。もう生活費として使い果たしてしまったというのに、毎月の利息だけでも百万ウォンを超え、返済金額は一億ウォンにのぼる。到底返せそうにもないし、返すわけにもいかなかった。お金を返すということは、私たちがもはや韓国鉄道公社《コレール》の労働者ではないという判決を受け入れることを意味するから。

支払命令の書類が裁判所から送られてくるという話は、同僚とのグループトークで伝え聞いていた。郵便物とか宅配だと思い、受け取ってしまった人もいれば、裁判所側の人間が昼夜、週末問わずやってきてドアを力任せに叩くので、近所迷惑になるかもしれないと仕方なく受け取った人もいた。その噂を聞いてから、チャイムが鳴るだけでパニックに陥る。宅配なんかとっくに頼めなくなっていたし、子どものおもちゃの音にも取り乱してしまうので、おもちゃの電池はすべて夫が抜いてくれた。なにより、借金の話が義理の両親の耳にまで入るのではないかと心配だった。義理の両親はとても優しくて私を可愛がってくれているけれど、私がこんなに多額の借金を背負っていることは知らないままだ。

十三年前、就職相談室の前であの募集を見ていなかったら、こんなことにはならなかったんだろうか。そんな仮定は無意味だとわかっていながら、ついつい考えてしまう。正社員登用、定年保障、公務員に準ずる待遇……などの言葉が並んでいた。「地上の花」とも書かれていた。コレールではなく子会社の所属として二年働き、コレール正社員に転換という約束が守られなかったのでストライキをして、解雇された。その後、子会社に戻った人、さまざまな理由から闘いをやめた人、復職とコレールへの直接雇用を求めていまだに闘っている人がいる。最初のストライキに参加した女性乗務員は三百五十人余り。そのうち、今も闘い続けているのは三十三人。私もその三十三人の一人である。

集中闘争の期間中、ソウル駅に設置されたオープンステージでは祈禱《きとう》会、文化祭、トークコンサートなどが開かれていた。祈禱会には子どもと一緒に参加したが、ベビーカーにいるのが窮屈だったらしくイェソがぐずるので途中で帰宅せざるをえなかった。トークコンサートの日は子連れではとても無理そうだったし、かといって預けられるところも見つからず地団駄を踏んでいると、夫から電話がかかってきた。午後から半休を取ったから出かける準備をしたらいい、と。急いで娘のおやつと夕飯を用意し、着替えを始めたところで、夫が帰宅した。地下鉄を降りてから全力疾走してきたという夫は、顔に滝のような汗をかいていた。

「早く帰ってくるからね」

「ゆっくりしておいで」

頑張ってこいとか応援してるとかという言葉より心強かった。地下鉄に乗ってソウル駅に向かう間、ゆっくりしておいでという夫の短い見送りの言葉を何度も思い浮かべていた。

ステージには、司会者とゲスト用らしき椅子が二つとモニターが置かれ、同僚たちはステージのバックに「解雇闘争から四千日、語り合いの会」のときに撮った記念写真を掲示していた。私も駆け寄って手を貸した。

「水平になってるか見てくれる？」

支部長はずっと一緒に作業してきた相手に言うみたいに、しれっとした口調で言った。写真を飾り終わるとステージから降り、あたりを見回して聞いた。

「子どもは？」

「ああ、夫が午後半休を取ってくれて」

「よかったね」

闘争を続けている同僚の半数は私のように専業主婦となり、残りの半分は他の仕事を始めて京畿《キョンギ》、江原《カンウォン》、釜山《プサン》、海外へと散り散りになってしまった。昔みたいに精力的な活動を行うには無理がある。苦労している支部長と総務にひたすら申し訳なかった。

イベントの時間が近づくと、同僚たちが一人二人と姿を見せはじめた。本当に久しぶりの顔もあった。グループトークでやりとりはしていたけれど、なんだかんだとすれ違ってばかりでなかなか直接会えないままだった。預けるところが見つからなくて、と子連れでやってきた人も多い。今よりずっと小っちゃい頃から見てきた子どもたち、写真でしか会ったことのない子どもたちが、こんなに大きくなったんだ。あまりにも長い時間を闘いに費やしてきたこと、それぞれの生活に追われていたことを、ひしひしと実感した。まるで同窓会で顔を合わせたかのように、互いの近況を聞き、この場に来られなかった仲間たちの安否を訊ねた。

闘争の歩みを収めた短い動画が流れ、イベントが始まった。シュプレヒコールをあげ、丸刈りになって抗議し、高さ三十メートルの照明塔に上り、座り込み、涙を流し、警官に連行されている画面のなかの同僚たち。そんな彼女たちと今こうして肩を並べて座っている。ときどき私の顔も映った。若かったんだね、垢ぬけなかったんだね、緊張してたんだね。もちろん、闘争に一生懸命に関わった人も、関われなかった人もいる。お互いのことを恨み、悲しみ、腹を立てることもあった。忙しいのも子どもがいるのもあなただけじゃないんだよ、そんなんで復職したら出勤するときどうするのよ、と言い合いになることもあった。でもウェディングドレスを着た同僚の姿には自分の姉が結婚するみたいに切なくなったし、出産の知らせには自分の妹が子どもを産んだかのように胸がつまった。十年もの間、たくさんのことを一緒に経験してきた。

トークイベントのゲストはソウル市長だった。KTX乗務員の仕事は乗客の安全に関わることで、その乗務員を正社員にするのは当然のことだと市長がきっぱりと言い切ると、観客席で拍手が起こった。

「私たちは会社を相手どって訴訟を起こしましたが、最高裁で敗訴判決が出されました。その上、一審と二審での勝訴で得た賃金まで不当な利益とされ、返金するように訴えられました。この判決についてはどう思われますか」

「法曹関係者の一人として、あり得ない判決だと考えています」
当然の答えなのに、聞いていて涙がこぼれそうになった。周りを見ると他の同僚たちも涙ぐんでいる。コレールの社長たち、最高裁の裁判官たち、鎮圧にきた警官たち、真っ先に私たちを切り捨てた元同僚たち……。私たちを憤怒させ、絶望させたおびただしい人々の顔が頭をよぎっていく。正社員へタダ乗りしようとするんじゃない、と非難する声もあった。平気そうにしていたが、実は崖っぷちにいる気分だった。こんな公の場で、行政機関の長をつとめる人に、私たちが正しいという言葉を聞かされ、癒された気持ちになった。

打ち上げみたいなものもなく、急いで家に帰った。娘は寝ていて、夫はゆっくりして来ればいいのに早かったねと言った。部屋で着替えをしていて、クローゼットの右手奥に押し込んでいた制服を取り出してみた。いまや制服も新しいデザインになり、出産後に肉がついてお腹まわりがきつくなっている。でも、結婚のときも引っ越しのときも、捨てることはできなかった。二年も袖を通せなかった服。最高裁の判決が出たときは、いっとき後悔もした。負け戦《いくさ》で青春を棒に振ってしまったと思ったのだ。

今は違う。自分の復職だけを考えていたなら、これほど長い時間を耐えてこられなかったはずだ。不安定な雇用環境を仕方ないと甘んじることなく、乗客の安全を費用や効率だけで考えず、女性の仕事を臨時的な職や補助的な仕事だけに限定しないための闘い。私はまだ若く、この闘いは終わっていない。

第3章
はあちゃん、けんきでね

調理師のお弁当

スビンの母は、八年間給食の調理師として働いている。

またお知らせのプリントか。どうせ進路案内や校内暴力についての内容なんだろう。スビンはプリントを読みもせずに適当に折りたたんでノートに挟んだ。その時、隣の席から友達の独り言が聞こえてきた。

「またストライキすんの？　おにぎりでも買ってくるしかないか」

お知らせには、調理師のストライキにより来週の木曜日と金曜日の二日間給食が提供できない、昼は弁当を持参してほしいという旨が書かれていた。一食ぐらい自分で何とでもできる年齢ではあるが、面倒なのは確かだ。前回のストのときは正門前の中華料理店が生徒であふれ、学校の売店ではたくさん用意してあったはずの海苔巻き《キムパ》とサンドイッチが瞬く間に売り切れてしまった。クラスの子たちは面倒くさいなあとも、ママが大変になるなあとも言っていた。ふとスビンも母のことを思い出した。母の学校ではどうなんだろう。母はいまどんな思いで働いてるんだろう。

お知らせではストの理由について触れられていなかった。スビンはスマートフォンを取り出し、記事を検索し始めた。


全国学校非正規労働組合は先日、正規雇用を求めるストライキを予告した。組合は、学校における非正規雇用労働者の待遇改善に向けた総合的な対策、最低賃金の一万ウォンへの引き上げ、上限なしの勤続手当支給などを求めて……。


スビンは非正規雇用、最低賃金、勤続手当などの言葉をさらに調べた。見慣れない言葉ではないけれど、正確な意味や関連する規定についてはよく知らない。学校では経済の授業が週二コマあった。賃金の決定に当たって考慮されるべき原則は、同一労働同一賃金、内部公正性と外部競争性、最低生計費……。試験期間に鉛筆でマルをつけながら覚えた内容は、今でも暗唱できるほどだ。しかし、あれほど一生懸命に習い、覚えた内容が、現実となかなかうまく結びつかなかった。

その日の夜、スビンは学校からのお知らせをテーブルに置き、わざと何気ない口調で言った。

「友達とトッポギ食べに行くことにしたから、気にしないでね」

「ジョンインと二人で？」

「ううん、ジョンインとヒョギョンと三人で」

母は、ゆっくり頷いていた。

スビンが小学校三年生、妹が一年生の時から、スビンの母は子どもたちの通う小学校で働き始めた。担任からスビンの社会見学の時の写真がホームページにアップされたと聞いてログインし、そこで給食の調理師募集のお知らせを見つけたのだ。校長室での簡単な面接では、なかなかいい受け答えができた。

「娘二人がこちらの学校に通っています。生徒全員がわが子みたいに思えますし、実際、娘たちの口にも入るものですしね。私がどのくらい心をこめて一生懸命調理するかは、おわかりいただけると思いますが」

ちょっとしたアルバイトのつもりで始めた仕事だった。臨時休校や夏休み、冬休みのときに子どもたちと一緒に休めるので、子育てをしながらするにはうってつけだとも。ただ中身が大変すぎた。作業着を着て長靴を履き、エプロンと手袋をつけて衛生帽までかぶると、背中を汗が滝のように流れた。何時間も火を使って作業をしていると、ガスコンロから伝わる熱でお腹が真っ赤になったし、めまいに襲われて「これはまずい」と焦ったことは一、二度ではない。幸い軽いやけどや打撲で済んだが、ひどいケガをして、取り返しのつかない障がいを負ってしまった調理師の話もちらほら聞こえてくる。

栄養士はできるだけ安く仕入れるため手間のかかっていない食材を買ってくる。限られた予算のなかで生徒たちに一つでも多くのおかずを食べさせようとしたら、調理師がせっせと働くしか方法がないのだ。泥まみれで、皮と根っこがそのままついている野菜ばかりだった。カレーの日には、大きなたらいにうずたかく盛られたジャガイモとニンジンの皮をピーラーで一個ずつ剝いた。ドジョウスープの日には、生きたドジョウがバケツからあちこちに逃げ出して、下水にも入り込んだ。つるんと滑るドジョウをなんとか捕まえようと、調理室は大騒ぎになった。白身魚の揚げ物だって冷凍食品を使わず、魚の骨をひとつひとつ手で取り除き、小麦粉と卵と揚げ粉をつけて自分たちの手で揚げ、黒ゴマを買って、炒《い》って、すって、ソースまで作った。

仕事はどんどんハードになっていった。調理室と食堂が拡張され、管理すべきスペースは増えているのに、生徒数の減少に合わせて調理師の数も減らされ、仕事の量は右肩上がりに増えていくばかりだった。しかも給食への生徒たちの期待が高まるにつれて、おかずの数が増え、さらに手の込んだ料理になっていった。数年前からは配食担当者を半数に減らし、配食まで調理師がやらなくてはいけなくなった。それでもスビンの母は、仕事が楽しいと言う。

「子どもたちがもぐもぐと口を動かしてごはんを食べてる姿を見ると、かわいくて嬉しくなるのよ。一年生の子たちが、ふうふう言いながらプレートを持ってきて、キムチは一つだけくだちゃい、とんかつは十個くだちゃい、と言ってるのもかわいいし、高学年の子がちょっと大きくなったからってダイエット中なのでちょっとだけください、と言うのもかわいいんだよね」

「そう言われたらちょっとだけにするの？」

「まだ伸び盛りなんだからって、みんなと同じ量にしてるよ。そうすると、いやだいやだと言いながらもきれいに食べてくるのよね」

スビンも母の作った給食を食べて、勉強して、運動して、歌もうたって、そのうちぐんと大きくなって、高校生になった。


木曜日の朝、スビンは目覚まし時計が鳴る前にパッと目を覚ました。カチカチカチッとガスコンロに火をつける音、流し台に水の流れる音、ガチャガチャと何かがぶつかり合う音。部屋から出てみると、母がピクニック用の弁当箱におかずを詰めていた。

「多めに作っておいたから、ジョンインとヒョギョンと一緒に食べてね。わかった？」

「トッポギ食べに行くって言ったのに」

「小麦粉食べたら眠くなるから。これ食べて勉強も頑張って」

「大変だったでしょ……」

「そうね、ママさんたちは大変だよね。ごはんを適当に済ませちゃう子もいるだろうし」

母は長い溜息をついた。母の職場もこの二日間はストライキだそうだ。仕事を始めて八年、その間母は二回ストに参加したが、毎回ものすごくつらそうだった。家族のみんなが無言でごはんを食べていると、母がなんとか雰囲気を変えようとこんな話を切り出した。

「最近の小学生はなんでも知ってるのよ。昨日配食の時に、明日からストライキですよね。ストライキって何のためにやるんですか？　と言われてびっくりしちゃった」

「で、なんて答えたの？」

「あとであなたたちが、おばさんみたいに生きてほしくないからだよって」

「お母さんみたいに生きたら、何がだめなのさ」

スビンは平然とごはんをたいらげ、弁当を作ってもらったお礼も忘れなかったけれど、エレベーターに乗るとがまんしていた涙がこみ上げてきた。お母さんは、自分の人生をどんな人生だと思ってるのよ。そういえば、妹の小学校卒業式の日。何が何でもジャージャー麺を食べに行きたいという父に連れられ、家族そろって中華料理店に行ったときだ。ジャージャー麺と酢《タン》豚《スユク》を食べながら、スビンは母にこう聞いた。

「もう娘たちに食べさせるんだってつもりで仕事できなくなるね」

「いままでだって、別にそんなつもりで仕事してないわよ」

「えっ、面接でそう言わなかったっけ？　娘たちの口に入るものがなんとかかんとかって」

「面接に受かるためにそう言っただけ。家ではお母さんのつもり、学校では調理師のつもりで料理してるのよ」

それからいつものようにこんな言葉を付け加えた。

「給料が上がったらなあ。いくら長く働いたって給料は微々たるものだし。人も増やしてほしい。仕事が多すぎるの。いつも時間に追われてるしね。だからあちこちアザを作るし、やけどして、手も切っちゃう。ケガばかりするから不安だよね」

弁当箱を開けると、ジョンインとヒョギョンが歓声を上げた。イカだんご揚げ、プルゴギ、レンコン煮、ベーコンとジャガイモの炒め、ブロッコリーのエゴマドレッシングサラダ、キュウリピクルス、キムチ。

「全部、あんたのお母さんが作ったの？　買ってきたものじゃなくて？　お母さんってシェフなの？」

「惜しい！　調理師だよ」

ジョンインとヒョギョンはおかずを食べるたびに、やばい！　おいしい！　と声を漏らした。こんなにおいしいのに、こんなにみんなが喜んでいるのに、お母さんだってこんなに立派な調理師なのに。母の願いが叶ってほしい。せめて母が不安を感じながら仕事しなくても済むようになってほしい。しきりにのどが絞めつけられるような感じになって、スビンはあまり箸を進めることができなかった。

運転の達人

　私はソウルで路線バスを運転している、四十代後半の女性運転手だ。まだ暗い車庫に大型バスがずらりと並んでいる。同僚たちがミラーを調整し、運賃箱をセットし、エンジンをかけ、出発を待っている。車庫の片隅では男性運転士らがタバコを吸っていた。入社当時はあそこに加わったほうがいいような気がして、タバコを始めようかとも思ったっけ。

　車のキーを回してエンジンをかける。ちょっと大変だが、始発の運転は楽しい。静けさがあって、だけどせわしなくて活気あふれる夜明け。顔なじみの乗客たち。特に今朝は常連のお客さんが多かった。「久しぶりですね」と声をかけてくれるお客さんも、「カン・ヨンヒさん」と名前を呼んでくれるお客さんもいた。どんな仕事をしているんだろう、と気にはなるけれど、長い行先がどこかを訊ねたことはない。ただ私のように一足早い朝を迎える人たちなんだな、長い一日を過ごしている人たちだな、と思うだけ。だが、軍服姿の青年が乗り込んできたときは、どうしてもやり過ごすことができなかった。

「軍人さんは休暇中なんですか」

「僕ですか？　はい、今日部隊に戻ります」

「始発に乗らなきゃいけないぐらい、部隊は遠いんですか」

「ちょっと大学に寄って急いで片づけなきゃいけないことがあって」

「そうなのね。うちの次男もいま兵役中なんです。除隊まであと二カ月かな」

「ああ、うらやましいですね。僕にもいつかそんな日が来るんでしょうか」

袖についた二等兵の徽章《きしょう》が目に留まった。新兵慰労休暇〔入隊して初めてもらえる休暇。三泊四日〕だったんだろうか。ふと、幼い息子たちを家に残し、仕事に出かけていた頃のことが頭に浮かんだ。車庫に到着したとき、運行が始まる直前、折り返し場でのわずかな時間、家に電話を入れ「早く起きなさい」「朝ごはん食べるんだよ」「そろそろ学校に行く時間だよ」と遠隔操作をしていた。そうやって育てた息子たちが今やすっかり大人になって、一人は兵役を終えて大学に戻り、もう一人は除隊を控えている。

運転を覚えたのは次男が小学校三年生の時だった。子どもたちが一人で学校にも塾にも通えるようになると、ママ友が一人、二人と仕事を始めたのだが、これといってスキルもキャリアもない主婦にできる仕事なんてたかが知れていた。だいたいがデパートやスーパーで販売員をやるか、飲食店で調理かホールの仕事だった。何を思ったか、私は自動車教習所に登録した。

塾の送迎バスを一年、町の循環バスを三年、京畿道《キョンギド》の路線バスを四年運転し、ようやくソウルで仕事を見つけることができた。気がつけば運転歴十四年、ソウルで路線バスを六年間走らせている無事故ドライバーだ。この頃は特に大変だと思うこともない。最近担当している路線に大学病院と市場があるので、お年寄りの乗客に気を配らなければいけないことぐらい？ 手すりにつかまってください、座ってください、車が止まってから立ち上がってください、と何度も何度も注意している。

今日も平和で変わり映えしない運行だな、と思ったその矢先、気を緩めるんじゃないぞといわんばかりに、中年男性が一人よろめきながら車に乗ってきた。最初は急いでバスに乗り込んだせいで重心を失ったんだろうと思っていた。ピシッとスーツを着込み、ネクタイもきっちり締め、顔も赤くなかった。しかし、男が手すりをつかんで運転席の横に立った瞬間、鼻をつくような強いお酒の匂いがした。背筋が凍り、頭のてっぺんから汗が噴き出るのを感じた。時計を見た。昼の十二時二十分。どんな事情があってこんな時間から……。

「オレえ、カードの財布を家に忘れてきたんですけどお、おばさん、現金で払ってもいいですかあ、げ・ん・き・ん」

「ええ、ここに入れてください」

男が小銭を運賃箱に入れたが、その音が妙に軽すぎる感じがする。今や私は、小銭の音を聞いただけでも、料金があっているかどうかわかるのだ。

「少し物足りない音ですねえ」

男は何も言わずに運転席のすぐ後ろにドサッと腰を下ろすと、運転席との仕切りを足で蹴り始めた。

「おばさん、いまオレが酔ってるからってえ、ぼったくろうとしてんじゃねえのお？　あん？　いやあ、バスの運ちゃんもお金をぼったくるのかよお」

運転士保護のための仕切りや監視カメラが設置されてから、ケンカを売る人も、騒ぐ人も、確かに減っている。久しぶりだ、こんな嫌な客は。昔の私なら聞こえないふりをするか、適当に流してしまっただろう。しかし、もうそういうことはしたくない。差額を要求する気もバスから下車させるつもりもないけれど、料金が足りないという事実だけは伝えておきたい。

歳を取ってから、気が付けば物事をすべて丸く収めようとするようになった。一つひとつ確認するのも面倒だし、多少損をするのはさして悔しいことでもない。だが、ハンドルを握ったとたん、妥協を許さない運転士になる。ここまでキャリアを積んできたのだから、自分のためにも、後輩の女性運転士のためにも、そのほうがいいと思っている。私は大きな声で乗客たちにお知らせをした。

「すみません、警察署でこのお客さんを降ろしてから運行を再開させてください。少しだけ遠回りになりますが、ご了承ください」

すると一番後ろの席に座っていた若い男がすたすたと前に歩いてきて、酔っぱらった男の後ろに腰をかけて言った。

「ちょっと静かにしてもらえますか。おじさんのせいでここの人たちがみんな遠回りしなきゃいけないって、迷惑だと思いませんか？」

酔っぱらいが手を伸ばし、降車ボタンを押した。

「警察署なんてざっけんな！　次で降りますよ、降りればいいんだろー。まったく、このバスはどいつもこいつもうるせーヤツばっかだな」

路線が新しくなると、真っ先に近くの警察署と交番の場所を確かめるようにしている。会社に新人の女性運転士が入ったら最初に教えるのも警察署と交番の場所だ。運転しながら酔っぱらいやクレーマーの相手をするのは到底無理なので、そういう時は黙って交番や警察署の前に行ってクラクションを鳴らせば、あとは警察官が後始末をしてくれる。一一〇番に電話するより手っ取り早く、確かな方法なのだ。

酔っぱらいは、次の停留所でよろけながら降りて行った。

まだ落ち着かない気持ちでバスを出そうとしたその時、酔っぱらいを追い払ってくれた若者が運転席の後ろの席に座った。座席からぎこちなくお尻を浮かせると、首をすっと伸ばして運賃箱の中をのぞきこむ。

「ほんとだ、八百ウォンしかありませんね」

「え？」

「さっきのおじさんが入れたお金。本当に八百ウォンしかありませんよ」

なんだか面倒くさくなり、レバーを下ろしてお金を金庫の中に落としてしまった。

「本当に音を聞いただけでわかるんですか?」

「あ、はい」

「へえ。バスの運転は何年目ですか」

今日のお客さんはどうしちゃったんだろう。返事はしないでおいた。いつだったか、バスの運転をしてみたいという男の乗客に出会ったことがある。彼はあれこれ質問すると終点で降りたのだが、私がもう一周して戻ってくるまでの二時間を終点で待ち伏せしていた。一杯やりながらもっと話がしたいとせがまれ、困ったというより怖くなり、それから運行中は必要な受け答え以外、極力乗客との会話を避けるようにしている。私が黙り込むと、男は「僕、怪しい者じゃないんです」と言った。最も信用ならない自己紹介だ。自分で自分を怪しい者じゃない、なんて。

「実は僕、「達人を探せ」という番組のプロデューサーをしてるんです。本当に音だけで小銭の種類がわかるんですか? 百ウォンか、五百ウォンか、わかるんですか? 総額がいくらかも当てられますか? それとも当てられるのはバス代が合ってるかどうかだけ? あのう、もしよかったらうちの番組に出ていただけませんか?」

「達人を探せ」は私もよく見ている番組だった。目をつぶって針穴に糸を通せる刺繍達人、いつも同じ重さのごはんが握れる寿司達人、米粒にも彫刻ができるハンコ達人……。番組を見るたびに、達人と呼ばれるようになるまでどんな苦労をしてきたんだろうと、身の引きしまる思いがする。そんな私が達人だなんて。それも、よりによって音で小銭の金額を当てる達人。呆れて笑いがこぼれた。

「小銭の金額を当てる達人じゃなくて、いつか運転の達人になったら、その時に出演しますね」

車庫に着くと、私はなんとなくの思いつきで、入り口からバックで進んでバスを駐めた。

「カンさん、急にどうした?」

「ううん、別に。なんとなくやってみたくなったもんだから」

私が笑うと、キム運転手も笑顔で去っていった。毎日九時間、無事故で運転する人。それが達人じゃなくて誰が達人よ。とにかく今日は人生の目標が一つできた。いつか運転の達人として「達人を探せ」に出演する、ということだ。

20 ねんつとめました

ジンスンは国会の清掃職員だ。派遣会社から派遣されて十数年が過ぎた二〇一七年の一月一日、国会に直接雇用された。

仕事が終わると手足が鉛のように重いうえ、その体で電車とバスを乗り継ぎ、急斜面を登って家に帰らなければならない。その四十分の帰り道は、いつもへとへとだった。だけどあの日だけは、手に重たい荷物まで下げているのに、ちっとも大変ではなかった。ジンスンは、なたねサラダ油の入った紙袋を右手から左手へ、また右手へと持ち替えながらもずっと笑顔だった。紙袋の中には「長い時間がかかりましたが、ようやく皆さんを家族として迎え入れることができました。改めておめでとうございます。私も精いっぱいご協力いたします」と書かれた事務総長の手紙も入っていた。初めて受け取ったお歳暮とボーナス。給料も少しばかり上がった。

ＩＭＦ危機〔一九九七年にあったアジア通貨危機のこと。大手企業を含む多くの企業が倒産、大量の失業者が発生するなど、韓国は莫大な経済的打撃を受けた〕の時、夫が勤め先から「名誉退職」〔早期退職のこと〕を言い渡されてしまった。その退職金でチキンの店をオープンしたが、思うように売り上げが伸びず、このままでは子どもたちにきちんとした教育を受けさせられないと、ついにジンスンが立ち上がった。飲食店で働き、健康食品や化粧品を売ってまわり、ベビーシッターもやってみたけれど、どれも長くは続かなかった。キャリアもスキルもない主婦が安心して長く勤められる仕事先は、あってないようなものだった。どうしたものかと悩んでいたその時、一緒に化粧品の販売員をやっていた元同僚の紹介で、国会議事堂の清掃をする仕事に就くことができた。

朝六時から午後四時まで、掃いて、拭いて、洗って、整頓して、ゴミを回収するという予想通りの仕事だったが、きつさは覚悟をはるかに上回った。常任委員会の事務所がある本館は、国政監査の期間中や年末に人の出入りが激しくなるし、三階にある本会議場は、見学に訪れた学生でいつも混み合っていた。ひとつ目のゴミ箱を捨てて次のゴミ箱にとりかかり、戻ってみるとさっき空けたはずのゴミ箱がまたいっぱいになっている。大急ぎでトイレの個室を回ってゴミを集め、掃除をし、またゴミを集め掃除をしていても、トイレットペーパーがないだの、便器が詰まっただの、床が水でびしょ濡れだのと苦情が相次いだ。

十数年働いている間に、派遣元の会社は三回も変わった。派遣会社が倒産して、退職者が退職金をもらえなくなりそうになったこともあったし、新しい作業服を支給せず掃除用具をちゃんと補充してくれない会社もあった。清掃員は自腹で掃除用具を買い、着古してよれよれの作業服を何年も着続けて仕事をしていた。

勤続年数が長いジンスンが率先して抗議をすると、夏の間じゅう、外壁清掃に回されるはめになった。陽の照りつける屋外で壁を拭いていたらぐるぐると目が回った。会社に歯向かう人間は、こうして大変な仕事に回される。コネで採用が決まるせいでグループや派閥ができ、イヤな思いもたくさんした。あいさつを返してもらえず、連絡事項は引き継がれず、ごはんさえ一緒に食べてもらえなかった。派遣会社の差し金だとわかっていたが、次の契約を更新してもらえなくなるのではないかと思うと何も言えなかった。むしろ、自分のことを心配してくれる同僚とさえ距離を置かざるをえなくなった。

「私と一緒にいると嫌がらせされるからね。だから、あいさつもしないで」

仕事帰りの午後遅く、地下鉄駅でこっそり落ち合った同僚と話していたら、突然わっと涙が込み上げてきた。

公務員にしてほしいのでもなければ、給料を上げてほしいわけでもない。ただ、人間らしく仕事がしたかった。ジンスンと同僚たちは、すべての国会議員に直接雇用を求める要望書を渡したが、当時の政権与党の反対にぶつかった。とある議員は、清掃員が無期契約へ転換したら労働三権が保障されることになり、何かというとストライキをして管理がしづらくなるはずだと反対の理由を述べていた。運営委員会の審議の中での発言で、ジンスンはその様子を国会のライブ中継で見ていた。

新年会、懇談会、忘年会などの席にはもれなく参加し、清掃員たちがどんな環境で働いているかをことごとく説明した。市民団体、国会議員の会合、労働組合にも出向いた。私たちに会ってくれるんだろうか、話を聞いてもらえるんだろうか、と最初は自信が持てなかったが、とにかく当たってみることにした。助けてほしい、力を貸してほしい、と願い出た。

そんな中、派遣社員の同僚たちが契約を更新してもらえないという事態が起きた。高齢の同僚は、派遣会社との契約更新が六カ月ごとだったが、突然その会社から雇い止めを通告されてしまったのだ。契約更新は約束されていたことのはずだ、元気でまじめに働いている同僚から仕事を奪わないでほしいと抗議してみたが、無駄だった。明日から来なくてもいいという最後通告を言い渡された日、狭い休憩室が同僚たちのため息とすすり泣きの音でいっぱいになった。きっと我が身にも同じことが降りかかるのだろう。ジンスンはそう思った。

「みんな、立ち上がりましょうよ！　このまま黙って言いなりになるつもり？」

近くの事務室に行って紙とペンを借りてきた。「けいやくこうしん、やくそくをまもれ！」「私たちはまだはたらける！」「20ねんつとめました」。簡単な言葉をなぐり書きしてプラカードを作り、事務総長室の前に並んだ。自分もクビになるのでは、と思うと、プラカードを持つ手がぶるぶる震えた。外での日程を終えて戻ってきた事務総長が驚き、ジンスンと同僚たちを事務室へ招き入れた。掃除する以外の用事で事務総長室に入るのも、そこでコーヒーを飲むのも、事務総長とこれほど長い時間話をするのも、すべて初めてだった。結局、事務総長は派遣会社を説得し、同僚たちが契約更新できるよう仲裁してくれた。

新年度の予算案可決の日。帰宅した後も、ジンスンの心は国会にあった。清掃員の賃金が「管理用役費」ではなく、「直接雇用予算」として計上されているという話を聞いたのだ。審議は長引き、清掃員の賃金に関する件は最後だった。じりじりと本会議可決の報《しら》せを待っていた。寝たり起きたりを繰り返していたら、ついに携帯がブルブルと震えた。日付が変わり午前四時、ようやく予算の成立を知らせるメッセージが一斉送信された。これからは清掃員が派遣会社を通さず、国会で直接雇用されるのだ。

ジンスンは起き上がって歓声を上げ、その声にびっくりして目を覚ました夫に抱きついてしばらく涙を流した。夫は「ご苦労さん」と、「よく頑張ったよ」と、「自慢の妻だ」と言ってジンスンの背中を優しく撫でてくれた。

新しいユニフォームには国会のロゴが入り、入館証の代わりに身分証明書が手渡された。これまでは所属を示す欄に派遣会社の名前が書いてあったが、今は国会になっている。何かあれば事務局と運営支援課などからまずジンスンたちに照会が入り、相談し、そのうえで告知する。派遣会社を通さないから、コミュニケーションもスムーズにできる。同じ空間で顔を合わせてやりとりして決めることができるから、仕事環境はもっと良いものになると信じている。さっそく、本館の週末当直勤務の担当が一人から二人に増えた。以前は当直のあと決まって体調を崩したものだった。

派遣会社が得ていたマージンが労働者のために使われ、福利厚生サービス付きのクレジットカード、ボーナス、慶弔金などさまざまな福利厚生が受けられるようになった。年の初めに母を亡くした同僚の葬儀に行くと、使い捨ての器、皿、コップがすべて国会のロゴ入りだった。必要な葬具が国会から支給されたのだという。肩越しに、国会で仕事をしている親戚がいるらしいという弔問客の声が聞こえてきて、ジンスンはなんだか誇らしい気持ちになった。同僚が涙ぐみながら言った。

「母はいつも、自分がちゃんとした教育を受けさせなかったばっかりにお前が苦労してるって、すまながっていたんだけどね。違うの。私は自分の仕事にやりがいを感じるし、本当に自慢に思ってるんだから。母に、最期に親孝行ができた気がするよ」

ジンスンはときどき、休憩時間に同僚たちと国会議事堂地下のカフェに行く。清掃員のユニフォームを着て行ってはいけないような気がして、カフェを利用したのは十年のあいだで数えるほどだった。掃除をしに事務室に入る時も、食堂に入る時も、まずあいさつをする。これまでは私に声をかけられたら不愉快なのではないかと変に気持ちが萎縮していたけれど、今は本当に「自分の職場」という実感が湧いている。

「健康一番！」

「健康には気を付けようね、みんな！」

最近の同僚との合言葉は「健康一番」だ。こんなに仕事が楽しいのだから、ずっと一緒に働けるよう体を壊さないでいようと、しょっちゅう話している。

以前よりは確かにいろんなことがよくなった。だが、これで満足したくはない。誰かが苦労し、誰かがラクをするというのではなく、みんなが公平に働くことができたらと思う。孫たちの面倒を見なければならないとか夫が体調を崩すとかで、急な用事ができたとき、出勤時間を少し遅らせ、早退ができるようにしてほしい。何よりも、長く働き続けたい。ジンスンはこれまでそうしてきたように、あきらめず、たえず声を上げていくつもりだ。

母の日記

「今まで新婦を大事に育ててくださったご両親へ、感謝の気持ちと、これからの決意を込めて、新郎新婦のあいさつです。それではどうぞ！」

　高々とあげた両手をサッと下ろしながら床につけ、額づくお辞儀《クンジョル》をする婿の隣で、ジョンアは深々と頭を下げ、ゆっくりと上体を起こした。下唇を噛んで涙をこらえようとしている。その瞬間私の目から、堪《こら》えていた涙がついに溢れてしまった。右頬を伝って流れる涙を、手でそっと拭った。ジョンウンに見られたらいけないのに。ジョンウンのせいで泣いてるんじゃないのに。式の間じゅう、ジョンウンのことばかり考えてしまった。ジョンウンにもジョンアにもすまなかった。

＊

ジョンウンが家に戻ってきた日、離婚する、あんな男とはこれ以上一緒にいられないから家を出てきたと言っていたあの日は、私たち夫婦の結婚三十五周年記念日だった。夫は忘れていたらしい。友達と登山してくると朝から出かけてしまい、ジョンアで彼氏との約束でもあるのか夕方出て行ってしまった。一人きりの夕食は別に悲しくも寂しくもなかった。前の日に残したツナキムチチゲの鍋をガスコンロにかけ、冷蔵庫から余ったご飯とおかずを出そうとして、ふと面倒になった。おかずは冷蔵庫に戻し、鍋に冷えたご飯をそのまま入れた。ご飯を混ぜながらチゲを煮込み、まだ冷たくないか一口ずつ味見をしているうちに、ガスコンロの前に立ったまま完食してしまった。

手早く洗い物を済ませ、インスタントコーヒーを淹れてテレビの前に座った。少子化の原因と打開策について考える特集ニュースが流れていた。最近の若者は結婚しない、するとしてもみんな晩婚で、結婚後も子どもは産まないのだという。そうなんだ、それも結局はお金の問題なんだろうねえ。家を買うにも、子どもを育てるにも、お金がかかるんだから。でもやっぱり、それが人生の醍醐味でもあるのに。どうしていまの若者は、お金がないならないなりの、家族団欒《だんらん》の幸せを楽しめないいんだろう。そう思いながら舌打ちをした。

テレビを消すと壁かけ時計の音がとりわけ大きく響いた。ジョンアは小さい頃から、結婚なんかしないで一人で暮らすつもりだと繰り返していた。そのたびにジョンウンは、そう言う人ほど早く結婚するってよと突っ込み、私は、歳をとったら寂しくなるわよ、と言った。私は結婚し、家族と暮らしている。そして今。誰もいない家、一人で適当に済ませるごはん、家族が生み出す終わりのない家事……。

結婚前は町の小さな銀行で働いていた。キャリアを積んで、規模も大きく安定した金融会社に転職する計画を立てていた。だが、しつこく言う母に根負けして行ったお見合いで夫と出会い、気がつけば結婚する運びとなり、その流れで自然と仕事をやめることになった。後悔はない。夫と子どもはみんな真面目で、能力もあって、家族を大事に思ってくれる。私も一日の時間の使い方をきっちり計画を立てて過ごし、すべての日課を終えた夕方には、一人でゆっくり休むのが好きだ。不足や不便を感じることもなく、大変だとか悲しいとか思うこともない。それで今、私は幸せなのだろうか。これが家族団欒というものだろうか。

コーヒーカップを洗って棚に戻したところで、ジョンアと夫が一緒に帰ってきた。近くの横断歩道でバッタリ会ったという。お酒を飲んだのか、二人とも顔が赤く、妙に調子がよかった。ジョンアが私の腕に自分の腕をからませて「今日彼氏とおいしい寿司を食べたけど、お母さんにも食べさせてあげたいな。今度一緒に行こう」と言う。

「そうね。今度はお父さんにおごってもらおう」

「やだあ、ちがうの。お母さんと二人で食べたいんだってば！　私のおごりで」

酒臭い三十歳の末っ子が甘えん坊になっている。ぷっ、と思わず吹き出してしまった。そう、これなんだ。これが家族団欒よ。さっきまでこり固まっていた心がほぐれかけた瞬間、そういう気の緩みを咎めるようにジョンウンがひょっこり玄関から入ってきた。

これまでもジョンウンは、ときどき婿とあちらの両親についての不満を打ち明けていたけれど、私はよくある嫁の愚痴だろうと軽く流してきた。黙って話を聞いていた夫が、ジョンウンに聞いた。

「それでどうするつもりだ」

「結婚をおしまいにするってことも、考えてるわ」

突然の話で、何も言葉が見つからなかった。今日はもう休もう、とジョンウンを部屋に入れ、私たち夫婦も部屋で横になった。眠れそうになく乾いた唇を嚙んでいると、夫が言った。

「今日はもう遅いな。明日、おまえから婿《あいつ》に電話を入れておけ」

「私が？　なんのために？」

「ジョンウンをなだめて家に帰さなきゃならないだろ」

「子どもじゃないのよ。私たちが首を突っ込む話ではないと思うけど」

「じゃあだまって離婚させるのか？」

「離婚してとは言わないわ。でも離婚は絶対ダメというつもりもない。ジョンウンはしっかりしてるもの。自分でしっかり判断して、決めて、ちゃんとやってくわよ」

夫がいきなり怒鳴り出した。

「どういう育て方をすれば、揃いも揃ってああいう娘になるんだ。ジョンウンもジョンアも女のくせに好き勝手なことばかりして。みんなプライドだけは一人前だ。おまえはジョンウンのことが心配じゃないのか？　女が一人で暮らすってのがどういうことを意味するか、おまえ、わかってるのか？」

「じゃあお父さんは、今日が私たちの結婚記念日だって覚えてた？」

どうしてそんな言葉が出たんだろう。でも夫が押し黙っているのを見ると、まったく的外れな話ではなかったようだ。あれほどジョンウンが心配だと言い、女が一人で暮らすのが何を意味するか承知していると豪語した夫は、間もなくいびきをかいて寝入ってしまった。その夜、私は血の匂いが立つほど唇を噛みしめることを繰り返すうちに朝を迎えた。夫は本当に私がジョンウンのことを心配していないと思っているのだろうか。女一人での暮らしがどんなものか知らないとでも思っているのだろうか。そして、家族と暮らす女性の人生のほうが女一人よりマシだと考えているのだろうか。

すでに耳に入っているのだろう。顔合わせの席でジョンアの結婚相手の両親は、姉のジョンウンについて何も尋ねてこなかった。ジョンアの結婚前の最後の誕生日には、ジョンアの彼氏も来て一緒に食事をしたが、そこでもジョンウンの仕事の話がさらりと出ただけだった。

ジョンウンのときのように、ジョンアも彼氏と二人でコツコツと結婚準備を進めているようだった。式場は午後一時に予約したよ。家を見てきた。ドレスを見に行くから遅くなる。ウェディング撮影に行ってくるね。今日家具が届く日だから見てくるよ……。こんなふうに報告してくれるだけ。姉のことを気にして家では結婚の話を控えているのかと思っていたら、別にそういうわけでもないらしかった。ある日の夜、姉妹二人でビールを飲みながら家電や家具のカタログを広げ、一緒に選んでいたのだ。ジョンウンが何食わぬ顔でアドバイスもしていた。

「違うよ。二人しかいなくても、週末にまとめて洗濯したら、量がものすごいんだから。いつも二回ずつ回してたよ。だから洗濯機はできるだけ大きいものにして。お姉ちゃんが買ってあげるから。乾燥機も置き場さえあれば買ってあげたいんだけどね。洗濯物を干したり取り込んだりするのって意外と時間かかるし、肩と手頸《てくび》がすごく痛くなるんだよね。あ、タオルと下着も多めに買っといたほうがいいね」

わざと離れたソファに腰を下ろし、本を読むふりをしてキッチンから聞こえてくる会話に耳をそばだてた。そうだったのか。洗濯物を洗って、干して、また洗って、干して、肩が痛くなって苦労しているジョンウンの姿が目に浮かぶようだった。誰もがやっていることだが、自分の娘がそうやって苦労していたかと思うと、胸が痛んだ。

ジョンウンも離婚の準備を淡々としているようだった。あの人とも話はもう済んでる。離婚届出してきたよ。家が見つかるまではここに居候《いそうろう》させてもらうね。財産分与も終わった。役所に行ってから仕事行ってくるね……。そうやってときどき進捗状況を教えてくれた。いつだったか電話口で、私と夫の住民登録番号〔韓国の国民に、出生時に与えられる識別番号〕を教えてほしいと言われたことがある。

「急にどうしたの?」

「わかんないよ。三十歳を超えた成人同士が離婚するのに、親の住民登録番号がなんで必要なのかさっぱりわかんない。ほんとにもう」

何かの手続きに必要なんだろうと思い、番号を教えて電話を切った。一時間後にふたたびジョンウンから電話がかかってきた。さっきの電話で苛立った声を出してしまったことへの詫びだった。大丈夫だと、用事は無事に済んだのかと訊ねると、ジョンウンはこれで全部終わったと言った。どこからどこまでが「全部」なのだろう。当の本人より私のほうが怖くなり、途方に暮れて、電話を切ってからしばらく涙が止まらなくなった。

私がしたことは何もない。大人になった娘たちは、つらいと私に助けを求めることも、慰めやねぎらいの言葉を求めることもない。こうしてジョンウンは離婚し、ジョンアは結婚した。私もいつもと変わりない日々を過ごしている。朝は市民センターのヨガ教室に行き、昼は海苔巻き《キンバ》の店でアルバイトし、夜はほとんど一人で夕飯を食べる。今日も夫は用事があるそうなので、私は通りの向こうにできたすし屋に行ってみようと思う。これまでの人生、一人で外食をしたことは一度もないのだが、これからはやってみるつもりだ。とりあえず明日は、一人で映画を観に行き、週末には一人で漢江《ハンガン》のほとりを散歩したい。

ジンミョンのお父さん《あなた》へ

こっちはまだ七時だよ。息子のとこの孫娘のジユはまだ寝てるし、娘のとこの孫たちはまだ来てない。あ、ジユはね、いま幼稚園が夏休みなもんでうちにいるのよ。嫁が春からまた勤めに出始めたからね。ジユの出産のときに仕事をやめたんだから、八年ぶりか。昼はジユの世話をして、夜は勉強して、なんかの資格を取ったんだって。この頃は若い人でも就職は厳しいからね。なのにうちの嫁は、子育てしながらがんばって勉強して、四十にもなってから再就職した。本当にたいしたもんだなあと思って、えらいね、すごいね、と言ったの。あのときは、幼稚園が休みのときにジユを預かることになろうとは思っていなかったから。

まあ、実の娘だって私に子どもを預けてるんだしね。こっちの気持ちはお構いなしで隣のアパートに引っ越してきて。スビンが保育園に通うあいだだけお願い、と言ってたくせに、もう六年目なのよ。スビンと一歳違いでガンビンが生まれたからね。お父さん、私はねえ、保育園から帰ってくるのがこんなに早いもんだとは知らなかった。娘の残業がある日だけ一度か二度、預かってあげればいいと思ってたの。まあ知ってたからって、孫の面倒をみないなんて言って断ることはできなかったと思うけどね。子どもたちがなんとか頑張ろうと必死になっているのを見て、どうやって断れるのよ。

こういう生活にも今はもう慣れてきたし別に難しいこともつらいこともないんだけどね、夏休みが始まって一日三食におやつまで食べさせようと思ったら、やっぱりちょっときつくてね。今もね、実は孫たちの朝ごはんを作らなきゃいけないんだけど、なんだかやる気も出ないし、いつもより目が早く覚めたから、こうしてお父さんに手紙を書いてるのよ。


夏休みで、おまけに子どもが三人もいるから、大変といえば大変だね。幼稚園が終わる時刻に孫たちを公園に連れてくるおばあさんたちがいてね。子ども同士が遊んでいるあいだ、私たちは集まっておしゃべりをするの。遅くなった日は近くの食堂で夕飯を済ませて帰る日もあった。でも子どもが三人もいると、公園に連れて行くのも、食堂にいくのも一苦労だからね。仕方ないから家でごはんを食べて、片付けて、食べて、片付けての繰り返しよ。あといろんなものが散らかり放題。家じゅうに小さなオモチャやクレヨンや色紙や絵本なんかが散らかってる。子どもたちは物と物のあいだを全力で走り回って、オモチャを踏んで、滑って、ぶつかって、ケガして、ケンカして、泣いて。ちぃーっとも落ち着く暇がない。

あと、子どもたちの勉強をちゃんと見てあげられないのも気が重くてね。この前、嫁が持ってきてくれた荷物に読書ノートと日記が一緒に入ってて、問題集には毎日のしなきゃならないページ数が書いてあった。でもジユはそれを見ようともしないの。ママに怒られるよ、ってときどき注意はするんだけど、そうすると「もうやった」って言うのよ。この前の金曜日に嫁がジユを迎えに来て、宿題を全然やってないとジユを叱ってたんだけど、それを見ていたら私もなんだか肩身の狭い思いがしてね。

どうやって調べたのか、嫁が近くの数学塾の夏期講習に申し込んで、テコンドー教室、縄跳び教室、ピアノ教室にも行かせることにしてあった。あと、夏休みのあいだは、一週間に一回、家庭訪問の先生がうちに来る。息子が言うには、嫁がそうしているのはジユの勉強のためっていうより私を心配してのことらしい。一カ月も昼夜の別なく子どもをみてもらって申し訳ないからって。ジユが塾に行って、勉強しているあいだだけでもゆっくり休んでほしいって。共働きなのに、幼稚園が夏休みになってバタバタするのも、私に謝ったり気を遣ったりするのも、息子ではなく嫁なんだよね。嫁があんなに頑張ってるんだから、嬉しくもあるし、気の毒でもあるのよ。

今の人たちは、みんなそんなふうに暮らしてるみたい。子どもは年老いた親に四六時中、子育てさせてるのが心苦しくて、同時に不安にも思っている。年寄りは孫とちゃんと遊べていないんじゃないか、勉強を教えられていないんじゃないかと心配している。孫は孫で、いろんな習い事をはしごしてへとへとになって。お金はかかるわ、身体は疲れるわ、顔を合わせる時間はないわ、家族全員がつらい思いばかりしている。

そう考えると、私たちの子たちは勝手に育ってくれたもんだよ。夫婦で米屋をやっていたときは、店のことで忙しかったし、米屋をやめてからは二人とも働きづめだったからね。お父さんは三交代勤務で運転して、帰ってきても寝てるばかりだったし、私は手当をもらおうと子どもたちに留守番させて夜勤をしていたからね。毎朝孫たちが幼稚園へいくときにランチプレートと水筒を持たせなきゃいけないんだけどね、カバンに入れてやるたびに後悔しているの。自分の子のカバンをときどき見てあげればよかった、たまには持ち物をチェックしてあげたらよかった、とね。

娘には今でもすまなく思っていることがあるのよ。あの子が五年生か六年生のときだったんだけど、私がテスト用紙にサインするのをうっかりしたせいで、教室の後ろで一時間も立たされていたんだって。それだって、下の階に住んでいた同じクラスの子が教えてくれて後から知ったのよ。なんでお母さんに言わなかったのと聞いたら、あの子ったらまだまだ子どものくせに、別にお母さんが心配するほどのことでもないからって言うのよ。怒って、泣いて、母親と父親を恨めしく思ってもおかしくない状況なのに、心配するほどのことじゃないって。それを聞いたらよけい申し訳なかった。もしかしたらそのツケが回ってきて、今こうして、孫たちの面倒を見ることになったのかもね。

この前、子どもたちを連れて公園で遊んでいたら、顔見知りのおばあさんに、内孫と外孫、どっちですか？　と聞かれたのよ。娘の子どもだと言ったら、今度は、娘さんはなんの仕事をされてるんですかってね。自慢したくなって、親バカだなあと思いつつ、あれこれひけらかしてしまった。娘は成績がずっと学校で一番だったと、一度も塾に通わせたこともないのに名門大学に入って、今はこの国で一番と言われる大手企業に勤めてるって。そしたら、そのおばあさん、「あらまあ、娘さんはゼロ点ですね」って言うわけ。

最近はこういう言い方があるんだって。専業主婦の娘は百点、定時で帰る公務員や教員の娘は八十点、夕飯前に帰ってくる会社員の娘は五十点、午前様の大企業に勤める娘はゼロ点。娘の働く時間が長くなれば、孫を預かる時間も長くなるからね。お父さん、私たちの自慢の娘なのに、そんな娘がゼロ点なんだって。ものすごく腹が立って、悲しい気持ちにもなったんだけど、そんなことないってすぐに突っぱねることもできなかったよ。本当はね、孫たちの世話をするのがすごくきついの。

まだ目ヤニがついたままの孫たちを娘が連れてくるのが朝七時半。朝ごはんを食べさせて、顔を洗ってやって、着替えさせて、幼稚園のシャトルバスに乗せて、家のなかをさっと掃除して、買い物に行って。するとあっという間に午後の二時になる。帰ってくる孫たちを下車場所まで迎えに行って、それからずっと一人で世話をするのよ。娘は去年から仕事がすごく忙しいみたいで、毎日残業だし。うちで夕飯を食べさせてから娘の家に連れて行って、シャワーを浴びさせて寝かせるの。寝るときはいつも添い寝して本を読んであげなきゃいけない。なんとか寝かしつけるとね、ときどき泣けてくる。

ここのところ手首から足首、肩、腰まで、痛いところがないくらいでね。スビンを抱っこしたまま立ち上がろうとしてぎっくり腰になったんだけど、それがまだ痛むの。先月は帯状疱疹にもなった。娘も結構大変みたい。歳を取った母親の育て方が、あの子みたいなしっかり者の気に入るはずないもんね。口では「お母さんの思うようにしていいよ」と言ってくれるけど、ときどき気に障るようなことをするんだよね。

ある日は、せっかく子どもたちの肌着やハンカチを鍋で煮洗いしておいたのに、抗菌加工されたものだから、煮たらダメになると怒られた。あと、離乳食に使おうと野菜を細かく切って小分けして置いておいたら、子どもたちには有機野菜しか食べさせていないからと、その野菜でチャーハンを作って食べちゃうわけ。幼稚園の終日クラスの抽選に落ちて、午後二時に終わる正規クラスになったときは、仕方ないやって言う娘にどんなに腹が立ったことか。まあ、自分の子どもなのに対岸の火事のように傍観している婿《むこ》が一番腹立つけどね。でもそれを言ったら、うちの息子も一緒だから。婿ばかり責めるのもおかしいわよね。

子どもたちを結婚させたらお父さんと二人で、ゆっくり散歩したり、運動したり、ときどき旅行にも行こうと約束してたでしょ。仕事漬けの一生だったから、ようやくゆっくり過ごせるだろうと思っていたのに、またこうして孫たちの世話をすることになるとは。

実は私ね、お父さんのお葬式が終わってから少し鬱みたいになってしまったのよ。お父さんと私、テレビで通信販売の番組でツアーの紹介を見るのが好きだったじゃない？　春川《チユンチヨン》、麗水《ヨス》、済州島《チエジユド》、日本、ハワイ……。行きたいところをメモして、孫たちがもう少し大きくなったら旅行しようと約束したよね。それなのにお父さん、どうしてそんなに早く逝ってしまったの？　みんなは長生きしたほうだと言うけど、私はそうは思わない。今度一緒にね、って言って後回しになったままのことが多すぎる。

でもね、孫たちの世話でこんなにつらくて憂鬱だけど、孫たちのおかげでまた笑えるんだよね。どうしてわかるんだか私が作っておいたおかずだけ選んで食べるし、家族の絵を描くときは必ず私を自分の隣に描くし、父母の日〔毎年の五月十八日〕には、パパとママでなく私にカーネーションをつけてくれるの。去年の冬、スビンが幼稚園のクリスマス行事で作った願いごとの短冊を持ってきたんだけど、子どもらしい字で「はあちゃん、けんきでね」と書いてあってね。

あと一週間もしたら夏休みも終わり。今は早く終わってほしいと思っていても、来週になったらジユは自分の家に戻るし、スビンたちも幼稚園に行って、ちょっと寂しくなるかもね。お父さんは知らないだろうけど、私ね、小さいころから娘に「母さんみたいになっちゃダメだからね」ってずいぶん言ってきかせてたの。勉強をしたいだけして、やりたい仕事を見つけて一生懸命働きなさいと、お金をいっぱい稼いで自分の名義で家も、車も買うんだよってね。私たちの娘は、大変そうでも、そんなふうに生きてるようだよ。ただあの子が今の暮らしを続けるには、私がもう少し子どもたちの世話をしてあげなきゃいけないんだろうね。

いつか娘が会社の飲み会で酔っぱらって帰ってきた日、お母さんごめんね、と言って大泣きしてたの。それを見ていたらいたたまれない気持ちになって。なんであの子が謝らなきゃならないの？ あの子は私が教えた通り、一生懸命に生きているだけなのに。でもねえ、お父さん。私ちょっと、悔しいような、もどかしいような、息苦しいような、そんな感じなのよね。父の娘、旦那さんの奥さん、子どもたちのお母さん、そうして今度は、スビンのおばあちゃんでしょ。私の人生は、どこにあるんだろう。

ああ、もう七時半になってしまった。そろそろごはんの支度、しようかね。

ばあちゃんの誓い

ソンレは慶尚北道《キョンサンブクト》星州郡《ソンジュグン》韶成里《ソソンリ》に住んでいる。七十一歳になった二〇一七年の父母の日〔前頁参照〕に、テレビに出演した。

マクワウリのビニールハウスへ向かっている。後ろからうるさく聞こえてくるガタガタガタガタという音。誰かがリヤカーを引いているのだろう。振り返ってみる。軍用ジープがある。いや、あれは戦車だ。ぼんやりしたシルエットしか見えない大きな化け物が、ソンレに向かってきている。ソンレは一目散に逃げ出す。だが、足が大きな石をくくりつけられたように重く、走っても走っても一歩も前に進むことができない。もう終わりだ。これで死ぬんだ。七十一年も生きていれば、人間だろうが動物だろうが自然だろうが、何一つ怖いものはない。だが、あの化け物は違う。歯の根が合わず背筋が凍った。助けて！　助けて！　はっきり叫んでいるつもりなのに、言葉は胸のなかで硬いしこりになり、声にならないままだ。もう一度力を振りしぼって叫ぶ。助けて！

「ひえええええ！」

た、す、け、ての四文字ではなく、叫び声が響き渡った。寝汗をたくさんかいていたようで、細く開けてあった窓から風が吹きこむたびに背中がぞわぞわする。この頃はしょっちゅうこんな悪夢を見る。なじみの田舎道を歩いていると、後ろから巨大な何かが覆いかぶさるようにして襲いかかってくる夢。あの日から始まったことだ。外はまだ暗く、時計を見ると朝の四時前だった。どうせもう起きる時間だ。ソンレは冷蔵庫からキュウリの冷やしスープを出し、夕べの残りのご飯をひとさじすくってスープに入れた。食欲はあまりないが、少しでも食べて気力をつけなきゃと思い、スープと一緒にズルズルと食べてから家を出た。

ソンレは毎朝五時にはビニールハウスへ向かう。昼はハウスのなかの温度が上がりすぎるため、それより早く作業を終わらせる必要があるのだ。蒸し暑いハウスのなかで作業をしているとすぐに息が上がり、汗が止まらなくなる。三年前に夫と死別してから、ソンレは畑仕事の規模をぐっと小さくした。今は一人で生活していけるだけのマクワウリを育て、子どもたちに送ってあげられるだけの野菜を作っている。ところが、今年はマクワウリの収穫量が例年より減ってしまった。雌花に受粉剤をスプレーする作業と、ていねいな芽かきができなかったのだ。なにもかもがＴＨＡＡＤ《サード》〔高高度迎撃ミサイル【訳注4】〕のせいだった。

ＴＨＡＡＤ配備先として星州邑《ソンジュウプ》の星山《ソンサン》砲隊が検討され始めると、若者たちが村の隅々までＴ

HAADの何が問題か説いて回った。ソンレも集会所で開かれた説明会で話を聞き、ようやくTHAADという武器について知ることができた。星州だろうが漆谷《チルゴク》やソウルだろうが同じだろうと思った。THAADはみんなの生存を脅かし、経済に打撃を与えるだろう。環境を破壊し、人々の心にダメージを与えるだろう。郡の長に抗議に行った。ろうそく集会に出かけた。平和デモで行進した。

配備先が変わるかもしれないという噂が立ったが、結局、ソンレの家の近くのゴルフ場に決まった。近所のおばあさんたちで順番に、THAADが配備されるというゴルフ場への道を塞いだ。夜明けにタンクローリーがやってきたという話を聞いては駆けつけ、さあごはんだというタイミングにいつも警察が押し寄せるので空腹のまま駆けつけていくこと数日。そんな努力の甲斐なく、ある日の深夜、THAADはついに搬入された。住民たちは押し出され、倒され、組み敷かれ、投げ飛ばされた。近所のおじいさんはあばら骨にひびが入り、ソンレは前歯が一本折れてしまった。それでもあきらめることはできなかった。

収穫したマクワウリをきれいに洗い、包装作業を終えると午前十一時前後。以前なら、早め

【訳注4】高高度迎撃ミサイル　二〇一六年七月、韓国政府は、北朝鮮の核とミサイルの脅威に対抗するためとして、韓国国内に最新のミサイル迎撃システム、THAAD《サード》を配備することをアメリカと合意。九月には、地元住民に説明もないまま星州を配備先と決定した。住民は、レーダーから出る電磁波の危険性、地域特産物の星州マクワウリへの風評被害、レーダーが戦争の危機を高めるなどの理由で、配備反対のデモを行った。

の昼ごはんを食べるなり昼寝をするなりして休むところだが、最近はその足でまっすぐ集会場に向かう。道の壁沿いに貼られているポスターやプラカードはいつ見てもギョッとしてしまう。住民たちが集会所の前に願いを込めて積み上げた石塔には、ソンレがおそるおそる重ねた平たい小石もあった。結婚して夫の実家である星州の韶成里に暮らし始めて五十年。大きな事件どころか小さな出来事ひとつ起きたことのない村だった。そんな村に、顔も知らなければ名前も知らない人が、こんなにたくさん行き交っているのを初めて見る。

集会所の庭にあった大きな釜で、ソンレは他のおばあさんたちと二十人前、多いときには百人前以上の白米を炊く。夜になるとだしを取ってスープをつくり、材料を下ごしらえし、ナムルを準備する。それを翌日集会所にやってくるお客さんに食べさせるのだ。一緒に頑張っている住民たち、集会所の周りやゴルフ場の入り口を守ってくれる隣町の住民たち、大きなデモがあるたびに遠方から支援に来てくれる人たちに、ごはんだけはしっかり食べてほしい。感謝の気持ちから自ら買って出たことだけれど、そうは言っても大変は大変だった。畑仕事を終えると、追加搬入を警戒してゴルフ場の入り口を見張り、時間になるとごはんを作って、片付ける。あっちへこっちへ出かけるので、最近のソンレは、身も心も疲れきっていた。

よりによって父母の日に、国を相手取って起こした米軍へのTHAAD敷地供与承認無効訴訟の初公判がソウルで開かれることになった。当事者の住民が出向かないわけにはいかないので、小型バス一台をチャーターした。朝六時、ソンレがバスに乗ろうと集会所の前に行くと、バスの前で腰の曲がった近所のおばあさんが立っていた。

「あらま、おばあちゃん、なんできたかね？　まさか、一緒に行くつもりで？」

高齢すぎたり体に悪いところがあったりすると長時間のバスでの移動は無理だし、歩行器を使って歩くのも大変なので、ソンレのように比較的若くて元気なおばあさんたちが上京することになっていた。なのに、もうすぐ九十になる隣の家のおばあさんが杖をついて出てきたのだ。

「そういうわけじゃなくてねぇ……」

おばあさんは手首にかけていたビニール袋をソンレに差し出した。なかにはカステラが六袋、缶ジュースが六本入っていた。バスのなかで食べろ、と。

「あんたさんたちだって、若くはないじゃろもん……ご苦労さん。ありがとね。この恩は、絶対忘れないよ」

おばあさんは一人ひとりの肩をポンポンと叩き、みんながバスに乗り込んだあとも曲がった腰で見送ってくれた。ソンレは窓を開けておばあさんが見えなくなるまで手を振った。

ソウルに着くと、市民団体や宗教団体に迎えられた。思いがけない歓待にきょとんとしていると、胸元にカーネーションまで付けてくれた。毎年の父母の日には大邱《テグ》に住む息子二人が家族と一緒にごちそうしてくれたり紙で作ったカーネーションとお小遣いをくれたりするのだが、今年はＴＨＡＡＤのせいで忙しく、家族と会うこともできなかった。どこかで寂しい気持ちをぐっと抑え込んでいたせいか、カーネーションを見て涙がこみ上げてきた。

「ありがとさん。ほんとありがとさん」

家事と畑仕事しか知らない田舎のおばあさんが、こんなもてなしを受けることもあるんだなあ。一度も顔を合わせなかったかもしれない人たちと、実の親子のように、心を通わせられることがあるんだなあ。一緒に声を上げ、行動し、闘ってくれた人たちがいなかったら、ここまでやって来られなかったのかもしれない。

法廷に足を踏み入れながらしっかり心づもりをした。国側がとんでもない主張をしたら、法廷から追い出されることになっても、言いたいことをちゃんと言って、大声で抗議しよう。だが、そうするまでもなかった。国の弁論は小声でうまく聞き取れないほどだった。住民側の弁護士は誤った手続きやその内容を一つひとつきっちり指摘し、おばあさんたちも四人が証言台に立った。裁判官は発言の機会や時間を制限することなく、おばあさんたちの言葉に最後まで耳を傾けてくれた。それだけでも心の中のしこりが少しほぐれるような気がした。

その後、マクワウリを届けようとアメリカ大使館に向かったが、入り口で警察に引き止められてしまった。ソンレは警察官たちの肩にも届かないぐらい背が小さく、そのために自分を囲んでいる警察官以外は何も見えなかった。おばあさんたちは警察にマクワウリの入った籠と手紙を託して引き返すしかなかった。星州のマクワウリを一口食べてみれば、考えが変わるはずだと信じている。言いたいことはただ一つだけ。「うちの村のマクワウリはおいしいんですよ」

翌日、ソンレは結局体調を崩してしまった。近所のおばあさんが作ってくれたククス〔そうめんの料理〕を食べ、一日中ごろごろ横になっていたら、中学二年生の孫娘から電話がかかってきた。

「ばあちゃん、いまどこ？」

「どこって、家にきまってるだろ」

「ほんとに家にいるの？　最近ばあちゃん、いつも出かけてるじゃん」

「急にどうしたんだい？」

「ばあちゃんさあ、ソウル行ってたんでしょ？　さっきテレビに映ってたよ！」

ソウルに着いたときも、裁判所を出入りするときも、アメリカ大使館に着いたときも、たくさんのカメラに囲まれていた。何人もの若者に追いかけられ、村は今どんな状況なのか、ここに来るあいだ畑はどうしているのか、法廷ではなんと発言したか質問され、ソンレはできるだけ誠実に答えた。新聞でもテレビでもたくさん報道されてほしいと思ったからだった。本当にテレビに出たんだ。たくさんの人に知ってもらえてよかったと思いつつ、子どもや孫が嫌がるのではないか心配もしていた。

「ばあちゃん、サイコー！　あたし、塾でもみんなに自慢したんだよ。みんなね、ばあちゃんめちゃカッコいいって！」

孫娘の話を聞いて、ようやく安堵した。照れ隠しにわざと軽口をたたく。

「ばあちゃん、きれいに映ってたかい？」

「やだあ、いつものまんまだよう」

何がそんなに楽しくてうれしいのか、孫娘はしばらくキャッキャッ言いながらニュースの話をし、「体に気をつけてね」と言って電話を切った。

孫娘の電話で決心がさらに固まった。自分のことだけを思えば、ＴＨＡＡＤが配備されようが、ＴＨＡＡＤ以上のものが配備されようが気にもかけないだろう。ＴＨＡＡＤが近くにあろうがなかろうが、どうせ残り少ない人生なのだから。だが、財産ひとつ残してやれないくせに、孫たちがこれから生きていかなければならないこの地に、ＴＨＡＡＤを残すわけにはいかない。ソンレは孫たちのためにも、この闘いをあきらめるわけにはいかない。

第4章

たくさんの先が見えない道のなか かすかな光を私は追いかけてる

浪人の弁

二〇一六年冬。ユギョンは修《ス》能《ヌン》試験〔毎年十一月に行われる「大学修学能力試験」のこと。〕まで残り一年を切っているというのに、なんと数学塾の土曜特別講座を二カ月もサボり続けていた。

「ろうそくってスーパーで売ってるんだっけ？　ろうが垂れるから紙コップに入れていかなきゃだよね？」

「わざわざヤケドするつもり？　どこにホンモノのろうそく持ってくヤツいるんだよ！　もう」

友人たちは全員、各自のスマートフォンをのぞきこんでいた。ユギョンは最近、新たにマスコミのＳＮＳアカウントをいくつかフォローした。最新記事をせっせとチェックしているあいだ、ハナは集会へ持っていくものを検索する。

「ＬＥＤろうそくが会場でいっぱい売ってるってさ。行ってから買うんでいいか。あと、クッションとか膝掛けみたいなものがあるといいって書いてるんだけど、ちょっと荷物になるよね？」

　正式な集会は午後六時からだったが、プレイベントもあるしいい席も確保したかったので、待ち合わせの時間は三時にした。ハナはひとりひとりの目をのぞきこむと、念を押すように言った。

「遅れないでよ！　三時ちょうど改札前にいないヤツは置いてくぞ！」

「ちょっと、あんたこそ頼むよ！　毎日遅刻してるくせに」

　ハナが心配するなというようにウィンクして拳を突き出した。誰も応えてやらないので、一番離れた場所のユギョンが腕を伸ばし、拳を当ててやった。


　母は、熱いお湯の入った保温ボトルに小さな膝掛けとカイロ、それにレインコートまで準備しておいてくれた。そのくせずっと、勉強はいつするのよ、もうすぐ受験生がいつ勉強するつもりよ、と繰り返していた。

「で、パパとママは今日行かないの？」

「今日はママ夜勤なのよね。パパはあんたの弟の面倒みなくちゃいけないし。そうだ、冷えるから靴下もちゃんと履いてくのよ」

　母の引き出しをひっかきまわし、登山用の毛糸の靴下を見つけて履いたが、足がもこもこしてうまくスニーカーに入らない。なんとか靴を履き、想像以上にパンパンになったカバンを背負って玄関を出ようとしたところで、母に呼び止められた。

「ユギョン、ちょっと待って！　出かけるついでにゴミ、出してってちょうだい」

「いいよ。早くちょうだい」

ベランダから、あとちょっと、ちょっとだけ、やだ、なんで入らないのよ、という母の独り言がとぎれとぎれに聞こえてくる。やがて、短い悲鳴。また袋が破けたらしい。母はいつも、ゴミを足でぎゅうぎゅう踏みつけて押し込む。そのはずみで何かがひょいと飛び出して袋が裂けると、今度はそこをべたべたテープで止める。ユギョンはそれが本当に嫌だった。ゴミ袋なんて、大して高いものじゃないのに。妙にむしゃくしゃして、イラついて、ユギョンはそのまま家を飛び出してしまった。

「もう知らない！　遅刻だし！　あとでママが自分でやって」

余裕があったわけではないが、待ち合わせに遅れそうなわけでもなかった。ただ、そんな状況すべてにうんざりしただけだ。


こんなに、こんなにもたくさんの人が集まっているとは、思ってもいなかった。生まれてはじめて目にする凄まじい数の人の波、誰もが同じように手にしているろうそく、制服姿の、自分と同じ年ごろの子どもたち。鳥肌が立った。ステージを見つめ発言に耳を傾けながら、一瞬、何かのお祭り会場にでも来たような気分になった。

ろうそくを高く掲げたウェーブが始まった。わずか一、二分のあいだに、ろうそくの光の波が立て続けに起こる。一緒に掛け声も近づき、大きくなり、路上にあふれる。ユギョンは息の吸い方を忘れてしまった人のように、何度も息を吸いこんだ。胸が熱くなり、めまいを感じ、気が遠くなりそうになっていたそのとき、自分の番になった。人波にまぎれ込んでしまうことも、列に乗りそこねることもなかった。巨大な波の一部になり、大きくて長い掛け声を精いっぱい叫んだ。

不意に、だった。どうして急にそのことだったかはわからないが、さっき捨てずに出てきたゴミ袋のことが頭をよぎった。一枚一枚、大切に使っているゴミ袋。電気料金が気になってエアコンなしで耐えていた日々、夜遅くにやっと家に帰ってくる両親……。そのすべてをあたりまえの日常だと思っていた自分が許せなくなった。ユギョンは慌ただしく騒々しいなかで母に電話をかけ、声を張り上げた。

「ママあ。さっきのゴミ袋、捨てちゃったあ?」

「そんなことでわざわざ電話してきたの?」

「うん！　捨ててなかったら捨てないで。あたし、帰ったら捨てるから！」

「あのあと捨てちゃったわよ。どうしたの、突然」

「なんでもない。ママ、ごめんね！」

「ママいま仕事中だから、またね。早く帰ってきなさいよ！」

同じときハナは、一周遅れで大学を目指している姉のことを想っていた。姉は実業系の高校を卒業後すぐに就職したが、大学に行きたいからと一年で退職した。周囲が専攻や入学年度の話をしているのを聞いて、自分もその大学というものに一度通ってみたくなったのだという。だが受験勉強は楽ではなさそうだった。小さい頃から頭がよくて、慎重で、だからこそ進学より就職を選択した姉は、もっと早く勉強してればよかったとしょっちゅうこぼした。大変だとも言っていた。姉にとってそれほどまでにつらく難しいことが、誰かにとってはいとも簡単なことだったという事実【訳注5】が、ハナを路上へと向かわせた。

別の友達は、二年前の事故のことを思い浮かべていた。焼香場に何度か足を運び、いまもカバンやペンケースに黄色いリボン〔二〇一四年のセウォル号沈没事故後、船内に取り残された人々の帰還を祈って黄色いリボンを付けるキャンペーンが韓国全土に広がった〕をつけて学校に通っている。遠い場所の、見知らぬ誰かに起きた事故だとはまったく思えなかったし、何かの瞬間気持ちが落ちこみ、怖くなった。あの出来事の責任を、絶対に糺《ただ》したかった。それぞれが異なる意識、想い、理由から、ろうそくを手に集まっていた。

その晩、ユギョンはベッドに寝っ転がりながら携帯をいじっていて、大統領の弾劾方法と手続きや期間をわかりやすく解説したYouTubeの動画を見つけ、友達とのグループトークに送った。ピコーン。すぐに他の友達からメッセージが来た。「これ、来年の修能に出るっぽくない？」。本当にこれが修能の試験問題に出たら、そして正解したら、自分はうれしいだろうか、それとも苦い気持ちになるだろうか。

修能試験前日、になるはずだった日。自習室で最後に要点整理ノートを見直していたときに、同じ自習室に通うハナから、そのニュースを聞かされた。冗談やめてよ、と答えた。ハナに携帯で検索した記事を見せられても信じなかった。

「修能を延期？　この国がそんなこと、できっこないじゃん……」

気持ちが落ち着かなかった。家に帰ろうと荷物をカバンにまとめていると、母から電話が入った。

「だ、大丈夫？　平気よ、平気。延期はみんな一緒なんだから【訳注6】」

「あ〜あ、もういい。人生終わっちゃった」

勉強だけしてきたわけじゃない。一カ月前から就寝時間や起床時間、大小便にトイレへ行く時間まで、修能のタイムスケジュールに合わせてコンディションを整えてきた。風邪を引かないよう、お腹を壊さないよう、便秘にならないよう、アレルギーが起きないよう、食べ物にも気をつかった。試験当日が生理とぶつからないように三カ月前からピルを飲み、生理周期の調整もした。なのに、すべて崩れてしまった。

家に帰ってニュースを見ていると、避難所の体育館で、体に毛布を巻きつけて本を読む一人の学生の姿をカメラがとらえていた。不安で、切実で、孤独なはずの、同い年の仲間。さっきまでイラついていた自分が恥ずかしくなった。

翌朝、教室では友人たちが力無く笑っていた。悲劇の九九年生まれだよね。二十世紀の終わ

【訳注5】誰かにとっては〜　朴槿恵《パク・クネ》前大統領の辞任を求めるろうそくデモには、さまざまな年齢、職業、階層の市民がそれぞれの理由から足を運んだ。若い世代の場合、大統領の友人の娘が大学入試で特別待遇を受けていたことへの怒りにかられデモに参加したケースが少なくない。
【訳注6】延期はみんな〜　朴槿恵前大統領の弾劾・罷免が決まった二〇一七年十一月の修能試験は、前日に発生した韓国南東部での地震の影響により、試験導入以来はじめて一週間延期となった。

り、ＩＭＦで一番大変だった時期に生を受け、大韓民国の名だたる事件事故をすべて味わった世代。史上はじめて、入試前夜に試験の延期を言い渡された世代。

一週間後に行われた修能試験に大統領の弾劾手続きの問題は出題されず、ユギョンは受験に失敗した。予想した等級《ランク》まであと一歩のところで届かず、数学も英語も一つ下にとどまった。随時募集、定時募集すべて不合格になり〔韓国の大学受験には、年に一度の修能試験で合格が決まる「定時募集」と、学生生活記録簿などの評価で選抜する「随時募集」がある〕両親と相談した末、一年浪人することにした。父が残念そうにつぶやいた。

「修能さえ延期になっていなければなあ」

母はユギョンをチラッとにらんで言った。

「もうすぐ高三なのにろうそく集会に通ってるあたりから、怪しかったのよ」

ユギョンは首を振った。

「延期されたのはみんな同じだったんだよ。それに、あのとき一緒に光化門《クアンファムン》に行った子はみんな合格した。あたしだけが落ちたの」

「またあ、あたしだけ、じゃないってば。大学入試だって就職だって、二浪、三浪はゴロゴロいるわよ」

高校を卒業したら家事は分担することになっていたが、浪人決定でその約束も一年猶予になった。だが、ユギョンはゴミの分別とゴミ袋を捨てに行くことは自分がやりたいと言った。なんとなく、そうしたかった。

また巡り逢えた世界

二〇一六年のあの夏、私は大学総長の辞職を求めるデモ【訳注7】に参加し、キャンパス本館で座り込みをしていた。

「ひょっとして、キム・ジョンヨン?」

見覚えのある顔だった。同じ学科かな? グループ発表の授業で、一緒に課題をやったとか?

「去年、古典の読解の授業で一緒だったんだけど。ヘインと同じ衣装科の、キム・ソミだよ」

そうだ。同じ教養科目の授業を受けていた、友達の友達。私たちは廊下の端に並んで腰を下ろした。アメリカ旅行中のヘインが羨ましいという話に始まり、教養のとき好きだった授業、最近面白かった映画、コンサート、本の話をしている途中、不意にソミが自主退学するつもりだと口にした。

「指導教授との面談にいくとこだったんだよね。それが、なんでここにいるんだか」

なぜ大学を去るのか。理由が気になったが聞かなかった。気まずい沈黙が漂うなか、携帯の黄色い光が点滅した。最近また連絡を取り合うようになった男友達だった。彼は今、ウェブニュースの記者をしている。

「彼氏？」

「彼氏ってほどじゃないよ。連絡したり音信不通になったりしてて、最近またやりとりするようになった友達」

「なんで音信不通になったの？」

「そのときは課題も多かったし、勉強しなきゃならないこともいっぱいだったし、小論文も一つ出さなきゃで、とにかくメチャクチャ忙しかったから」

「ほとんど、芸能人の別れる理由、だな」

「二人は多忙ですれ違いが多くなり、よき先輩、後輩の関係に戻ることにしたと、事務所が明らかにしました、的な？」

一緒に吹きだした。ヒマなら飲みに行こうよと再びメッセージが来た。少し悩んでから「デモしてるから無理」と返事をすると、「超イミフｗｗｗ」と返信が来た。メッセージを見たソミが「そっちこそ超イミフだよ」とつぶやいた。そのとき、ひとつの黒い人影が窓の向こうをサッとよぎるのが見えた。私は身をすくめ、ソミは弾かれたようにパッと立ち上がった。

「警察かな？」

「ジョンヨンが入ってくるときもいた？」

私が本館に入ってくるとき、いかにも警察ふうの私服姿の男数人が周辺をうろついていた。怖かったし不愉快だったから、急いで入り口のカードリーダーに学生証をタッチして建物の中に入った。ソミも本館の前で警察と出くわしたらしい。どちらさまですかと尋ねても答えず、逆に、いま学生たちがしていることは処罰の対象だとすごんできたという。

「うちらが女子大だから、警察はよけいナメてるんだよね。女同士でいいなって思ってたけど、こういうときは女だけだから、少し不安だな」

私の言葉にソミは少し考えこみ、ゆっくりとこう言った。

「あたしはむしろ、だから安全だと思う。ここに男子が混ざってたらって考えてみなよ。あたしたち、こうやってリラックスして横になってられたと思う?」

夜間は有志が交替で出入り口の見張りに立ち、本館の中も外もチームで巡回をしている。今回の出来事について、本館の占拠について、会議の持ち方やなにかについてソミと話しているうちに、いつのまにか眠りに落ちていた。


指導部もリーダーもない。必要に応じてメディア担当チーム、物品調達チーム、安全管理チームなどが結成され、時間の都合がつくメンバーが時間の都合がつく分だけ作業をした。募金を受け付ける口座が定期的に開設され、そのたびにあっというまに目標額を達成した。卒業生たちはネット上に別の掲示板を作って資金を集め、出前が可能な店を調べ、食事どきに本館に食べ物を差し入れてくれた。海苔巻き《キンパ》、トッポギからフライドチキン、サラダ、ステーキに至るまで、メニューも多彩だった。正直、食事目当てで本館に出入りすることもあったほどだ。

私の主な役目は本館全体の備品を把握し、管理し、不足があれば買ってきて補充することだった。難しいことではなかった。洗面道具に化粧品、生理用ナプキン、コットン、綿棒まで、なくなりかけたところで誰かが「ご自由にどうぞ」のメモとともに補充してくれたし、いろんな人が共同で使っているとは思えないほど常に整理整頓されていた。

毎日、地下講堂に集まって会議をした。誰でも発言は自由、誰も入学年度や専攻、名前を明らかにする必要はなかった。ときには三、四時間にも及ぶ、あきれるほどスローペースな会議を通じて、私たちはデモのやり方から募金の使いみち、掲示板の運営方法、場所の使い方と、大小さまざまな案件をみんなで話し合い、投票で決を採った。報道資料も、まずはオンライン掲示板に叩き台をあげ、みんなでコメントを付けながら修正して完成させた。大学の外では私たちのやり方を「かたつむり民主主義」と呼んでいた。


あの夏の最高気温を記録した日だった。雨の予報まで出ていた、ひどく蒸し暑い日だ。朝食のサンドイッチとアイスコーヒーが半分も喉を通らなかった。眠いわけでもないのにやる気も食欲も出ず、ぐったり床に寝っ転がっていた。何かしているわけでもないのに息苦しい。ずっともぞもぞしていると、ソミが下着をとってみたらと言った。ためしにブラジャーのホックを外したら、やっと息がつける気がした。

掲示板に「急告。午前十一時、総長と面談。本館一階大会議室」という速報がアップされた。

これまで学生たちからの面談要求をずっと黙殺してきた総長が、ついに返答をよこしたのだ。周囲は色めき立ち、キャンパスの外にいた友人からも本館に向かうというメッセージが届いた。私とソミは時間より早めに大会議室に行って待機した。そして約束の十一時。総長の代わりに姿を現したのは警察だった。警察は地下から入ってきてあっという間に通路を抜け、大会議室へとなだれ込んできた。

急いでスクラムを組み、対抗した。私も両脇の学生と腕を組んだ。右の子がぶるぶる震えているのがわかった。組んだ腕に力を込めながら、涙が止まらなかった。騒然とするなか、ソミが私にマスクを差し出した。

「写真撮られるかもしんない。これつけて」

涙で濡れたマスクが顔に張りついて、息苦しかった。一、二、三、おうっ！　一、二、三、おうっ！　警察は、「おうっ」の声に合わせて追いつめてくる。学生たちはドミノ倒しになり、誰かが誰かを下敷きにして折り重なった。私はつまずいた誰かの肘が頬にあたって倒れ込み、ソミと組んでいた腕が後ろにひん曲がった。四方八方から悲鳴が上がった。合間に交じる、苦しい、助けて、というせっぱ詰まった呻き声。もうやめて、という涙まじりの叫び。

そんな目に遭ったのははじめてで、なんの心の準備もしていなくて、本当は怖かった。その時、歌声が聞こえてきた。誰が、なぜ、どうしてわざわざその歌をうたいはじめたのか、詳しいことはわからない。タイトルも、誰の歌かも思い出せなかったけれど、とても聞き覚えのある曲で、気がつけば私も、声をそろえていた。

たくさんの　先が見えない道のなか　かすかな光を私は追いかけてる。いつまでも一緒だよ
また巡り逢えた私の世界*……

声をあわせたその歌にそれぞれが勇気づけられ、気持ちが少し落ちついた。だが、長くは続かなかった。婦人警官が投入され、一人、また一人と無理矢理引きはがしていった。私も同じように引っぱられ、両手両足を持ち上げられ、引きずられ、また持ち上げられ、引きずり出された。その日、百五十人の学生を排除するために千六百人あまりの警察権力が投入された。

私はそれでもまだ軽傷だった。多くの学生が抵抗する力を奪われ、転んだり打ちつけられたりして痣《あざ》を作り、骨折した。ガラスの破片が突き刺さった人もいた。だが、私をいちばん苦しめたのは、あの顔つきだ。引きずり出されていく教え子を、腕組みして眺める教授たちの平然とした顔つき、何事もないかのように仲間内で笑いあい、話に花を咲かせていた警察官の顔つき、そして、そのあまたの警察権力を送り込んだ、見えない誰かの顔つき。

しばらくは、人が大勢集まる騒がしい場所には出入りできなかった。あの瞬間が不意に幻覚のように目の前に広がり、パニックを起こしたからだ。静かに横になっていても、体がふわりと持ち上げられて放り出される感覚がよみがえり、まともに眠れなかった。ソミは手首にギプスをして現れた。本館占拠に参加する学生はその後も増え続けた。学生たちは国会と教育庁宛

てに、学校運営に関するさまざまな疑惑の解明を求める嘆願を二千件以上送った。国政監査での議論が始まり、結局、総長は辞任した。

ソミは、学校に残ることにしたという。

「こんな学校まったく気にいらないし、裏切られた気分だし、怖いしうんざりだよ。でも、辞められないんだ。捨てられないんだよね」

ソミの気持ちがわかる気がした。忘れられないことは、いっぱいある。一緒にうたった歌。みんなで雑魚寝《ざこね》したたくさんの夜。一万人もの在学生と卒業生が、携帯電話のライトを掲げて夜のキャンパスを行進した日。前に先輩、後ろに後輩が立ち、正門から中央図書館、本館、大講堂を抜けてふたたび正門まで、ぐるりとキャンパスを一周した。行列のほぼ最後尾にいた私は、長く伸びた光を、白くかがやく天の川のようだと思ったのだ。

あの夏の出来事が、その成果が、もっと世間に伝わればいい。認められればいい。就職予備校と化した大学が、いまも知と正義の場であることを証明するためにも、女性の成果が低く評価されがちな慣習をこれ以上繰り返さないためにも、それが必要なのだ。小さな勝利の体験が、より大きな問いかけや挑戦を可能にしてくれると学んだ。私は、新しいフレーズを携帯電話の待ち受けにしている。「私は強い。私たちはつながるほど、強くなれる」

＊原注　少女時代、『また巡り逢えた世界』より引用（KOMCA　韓国音楽著作権協会　承認済）。

【訳注７】大学総長の辞職を求めるデモ　二〇一六年の夏に梨花女子大学で起きた学生運動は、当初「未来ライフ大学」という主に社会人を対象とした学部の新設をめぐるものだった。だが、大学本館を占拠する学生の排除に千六百人もの警官を投入した「過剰鎮圧」や、大学総長が朴槿恵前大統領側近の娘の不正入学に関与していた疑いが広がって運動は拡大、メディアや政界をも動かした。総長は同年十月に辞任、その後逮捕され、二〇一八年に懲役二年の実刑が確定している。

老いた樫《かし》の木の歌

　余裕で横断歩道を通過できるはずだった。しかし、タクシーは信号が黄色に変わるなりスピードを落とし、赤になる前に停止線の手前で止まった。

「一曲、どうですか？」

　六十がらみの運転手が、突然助手席からギターを取りあげて、歌いはじめた。

I'm coming home. I've done my time……

　何度も聞いたことのある曲だった。「幸せの黄色いリボン」。刑期を終えて家路についた男が、妻に語りかける歌。今も自分の帰りを待っているのなら、村の入り口の古い樫の木に、黄色いリボンを結んでおいておくれ。そう懇願する歌なのだと、だいぶ前に雑誌かなにかで読んだ覚えがあった。信号が変わると運転手はやにわにギターを助手席に戻し、またハンドルを握った。

「歌手になるのが夢でしてねえ。昔は作曲にも手を出したりして。今じゃあとっくに諦めたけどね」

「そうですか」

かなり酔っていたので、話半分で相づちを打った。運転手は気にせずしゃべり続けた。

「歌が好きだってのもそうだけど、人を探してましてね。だから、もし耳障りだったら遠慮なく言ってください」

ニュースサイトの学生記者をしていた私は、とっさに思った。ギターを弾くタクシー運転手は、ネタになるぞ。交差点で、横断歩道で、さらに何小節か聴かせてもらい、車が家の前に到着したタイミングで正式に自己紹介して、もう少しお話を伺いたいと切り出した。渋る運転手にメーターは上げっぱなしでかまわないからと言い、会いたい人とは誰なのかと尋ねた。

「バカだったんだよね。俺は音楽をやってるんだからって、家には一銭も入れない、手も上げたりして……」

長いあいだ、夢を諦められなかった。バンドを組み、ライブハウスやイベント会場で歌ったが、小遣い稼ぎにもならなかった。デモテープを持ってレコード会社もずいぶんと回った。最後までチャンスはめぐってこなかった。見合いで知り合った妻にはこれっぽっちも愛情がわかなかった。双子の娘が生まれたときも音楽仲間と一晩中酒を飲み、才能を見いだしてくれない世間に毒づいていた。それでも、妻は何も言わなかった。女手ひとつで必死に二人の娘を育てていた。当時妻がどうやって生計を立てていたのか、いまだにわからない。

挙句の果てに浮気もした。何があっても文句を言わなかった妻が、そのことにだけは黙っていなかった。服の匂いを嗅ぎ、ポケットをひっくり返し、電話が来ても取りつがない。外出先まで尾行することもあったし、二人の娘と一緒にライブハウスへやってきて一日中監視することもあった。そしてある日、妻と娘たちは忽然と姿を消した。メモ一枚残していかなかった。親戚、友人にも連絡はなかったという。もう二十年以上前のことだ。

「今の居場所はわかってるんです。娘らは仕事をしながら勉強してて、まだ学生です。なんの力にもなれないのに、どのツラ下げてこっちから連絡できます？　たまたまこの車に乗ってくるかもしれないからって、家の近所をぐるぐるして、学校の周りもぐるぐるしてね。でも、一度も会えやしません。タクシーには、乗らんみたいです。バスの運転手をやりゃあよかったんだろうけどね……」

彼は後ろ頭をかき、苦笑いを浮かべた。タクシー料金は上がり続けていたが、私は曲を最後まで聴かせてほしいと頼んだ。運転手はふたたびギターを手にした。顔が出るのはちょっとまずいからというので、ギターを弾く手元とシルエットをメインに写真におさめた。

「……Now the whole damn bus is cheering. And I can't believe I see. A hundred yellow ribbons 'round the old oak tree. I'm coming home.」

「A hundred yellow ribbons 'round the old oak tree」のあたりで、彼の目に涙がにじんだ。私も少しもらい泣きしそうになっていた。タクシー代はいつもの値段より三万ウォンほど高かった。

記事の反応は上々だった。ポータルサイトのトピックス一覧にも上がった。家族の意味をあらためて考えさせられたとか、今からでも妻に許しを乞うて幸せになってほしいというリアクションがほとんどだった。複数の放送局から運転手を取材したいという話が来たが、私は彼の連絡先を知らなかった。そうやって、余韻を残しつつ幕が下りる話だと思っていた。

夕方になると、ギターを弾くタクシー運転手に会ったことがあるという書きこみが増え始めた。助手席にギターを置き、信号待ちのたびにオールドポップスを歌う、前髪に白いものが混じったタクシー運転手。ところが、書きこみごとにストーリーはさまざまだった。親に反対され泣く泣く別れた初恋の人を探すため、家出した息子を探すため、家が貧しいばっかりに幼い頃養子に出された末弟を探すため……私と同じように最後まで曲を聴きたくて高いタクシー代を払った人もいれば、とにかく力になりたいと適当にお金を握らせた人もいた。釣り銭をもらわなかった人はもっと多かった。記事を誹謗中傷するコメントや抗議の電話が相次ぎ、結局、謝罪文を出したうえで元の記事を削除せざるをえなくなった。

書き込みの主にメールを送り、個人タクシー組合に問い合わせを入れ、タクシー乗り場で話を聞いて回ったが、彼を見つけることはできなかった。なぜあのとき車のナンバーをメモすることを思いつかなかったのだろう。いまさらどうしようもないが、どうしてそんなことをしているのかが知りたかった。彼に費やした時間やお金が惜しかったし、ガセネタを記事にしたことにも腹が立った。なにより自分を恥じた。それが事実だろうが嘘だろうが、私は誰かにとっての不幸を、お涙頂戴の話にしてしまったのだ。

私の父は、有能で親切で礼儀正しい人だった。世間からすればそうだったらしい。スーツ姿の中年男性がぽろぽろ涙を流して嗚咽《おえつ》するさまを、私は父の葬儀の場で初めて目にした。一度も後輩にコーヒーを買いに行かせなかったとか、親しい間柄でも常に肩書きで呼び敬語で話していたとか、部下に対しても自分のほうからほがらかに挨拶する人だったとかいうエピソードを右から左に聞き流しながら、私は、彼らが記憶している父と自分の記憶の中の父が全くの別人なのだと思っていた。

裸一貫から地位を築いた父にとって、自分の娘が平凡なことは納得がいかなかった。特に最初の子である私への期待は大きく、それが裏切られると体罰を加えることもためらわなかった。試験で成績が落ちればそのぶんだけふくらはぎを打ちつけられる。紫色の痣《あざ》のせいで、私は初秋でも黒いストッキングで通学せざるを得なかった。つまらない人間、クズ、飯を食う資格もないという言葉を、子どもの頃から日常的に聞かされてきた。父の葬儀のあいだ、一粒の涙もわいてこなかった。

暴力がときにどれほどひそやかに行われるものか、どれほど深い傷を残すものか。うんざりするほどよく知っていながら、私はあんな記事を書いたのだ。巷にあふれるちょっといい話、不思議で、せつなくて、涙を誘う物語。そういうものの陰で身をすくませている誰かがいるかもしれないのに。自分の不注意と無神経を呪った。あれ以来記事を書くことはやめ、今もあの夜のタクシー運転手を探し続けている。

長女ウンミ

長女のウンミは、いま商業高校の二年生だ。

最初に私が口にした言葉は、「あんたがどうしてよ?」だった。そのときのウンミの表情は忘れられない。まったく思いもよらない反応だったのだろう、戸惑ったようにしばらく私を見つめると、こう聞き返した。

「だから、ママのその質問ってどっちの意味? よりによって自分の娘が商業高校に行くなんておかしいってこと? それとも、なんで商業高校にいくかが知りたいの?」

「どっちもよ! どっちも! わけわかんないわ。やだ、どうしてよ? なんで大学に行かないの? ママが入学金出さないなんて言った? 大学に行ける成績だったんじゃないの? いったいなんでよ?」

私はキンキン声を張り上げた。ウンミにむかってそんなふうに大声を上げ、怒りをぶつけたことなどあっただろうか。一度も失望させられたことのない、私の長女。だからといって超模範生とか優等生だったわけではない。我が子ながら客観的かつ冷静に見て、ウンミはごくごく平凡な子どもだった。小学校低学年のときは同じ年頃のよその子たちと同じようにピアノ塾に行かせ、美術教室に通わせ、スイミングとバレエもそれぞれ短期間習わせたが、どの分野でも特別な才能を見せることはなかった。じゃあ負けん気が強かったり勉強好きかというとそういうのでもない。だが宿題や試験勉強にはきちんと取り組む。成績もいつも悪くなかった。

生真面目すぎて融通が利かないところはあるけれど、そのぶん几帳面で丁寧だ。金融関係の仕事なんか結構向いてるかも。先生もいいわね。私は、ウンミが普通高校に進んで修能《スヌン》試験〔一六八頁参照〕を受け、大学を出て就職するものだとばかり思っていた。厳密にいえば、わざわざそんなことを考えもしなかった。なんとなく、当然、そういうものだろうと。ところが、ウンミは商業高校へ行きたいと言ったのだった。

中学三年のはじめ、ウンミの学校に、特性化高校〔特定分野の人材育成を目指す高校〕へ進んだ卒業生が学校のPRにきたらしい。ウンミの話では、女子のその先輩がとてもかわいらしくてしっかり者だったそうだ。どうせ気合いを入れて洗濯をし、アイロンをあて、糊のパリッときいたジャストサイズの制服を着て、古いセーターの糸を引っ張ってほどくときのようにするするする自分の学校の良いところを並べ立てたのだろう。ひねくれた後輩の突然の質問にも、動じることはなかったそうだ。

「で、給食はおいしいんですか?」

「私は一年で三キロ太りましたよ」

「もしかして、大学に入るのに有利だったりします？」

「普通科の高校よりはいい成績がもらいやすいし、関連した学科なら面接に有利でしょう。でも、大学に入りやすいってアピールはしたくないんです。みんな、なんで大学に行きたいんですか？　大学にいくのが最終目標？　本当の自分の夢、目標、計画を考えようよって言いたいです」

　今の世の中、就職がどれほどむずかしいかはよくわかっている。ウンミの父親は中堅どころの貿易会社で人事部の係長をしているが、先日、契約社員二名の求人広告を出したところ、百枚以上の履歴書が届いたそうだ。喜んでいいことかどうかと溜息をついていた。公務員だってそう。新たに区役所に着任する九級公務員〔一般公務員の最低職位〕がかなりの高学歴であることに、私も毎度驚かされている。ついこないだまで、若者は恋愛、結婚、出産の三つを放棄した「三放世代」と呼ばれていたが、それに加えてキャリアとマイホームも放棄した「五放世代」となり、さらには人間関係と夢も放棄した「七放世代」、あげくのはてにあらゆるものをあきらめた「n放世代」という言葉まで登場した。残してやれる財産も頼れるコネもないから、せめて娘たちにはよそ様と同じくらいのことは習わせ、人並み程度の教育を受けさせたい。そう思いながら子育てをしてきた。

　ウンミは、多くの企業が特性化高の卒業生の採用を増やしている、公務員特別採用制度があるから一般の公務員採用試験を受けるより有利だと力説した。先輩からもらったというパンフレットを私に押し付け、多彩な校内活動や課外授業、奨学金制度や就職状況をひとつひとつ説明した。最近では特性化高の雰囲気も、社会での見られ方もだいぶ変わったという。目をキラキラさせて説得を試みるウンミに、ちょうどウンミと同い年くらいの、幼かった自分の姿が重なった。私もこうだったたっけ。中学校三年間の成績表と担任の奨学生推薦書を見せながら、必死に母親を説得しようとした。弟たちのことはどうでもいいのか、勝手な娘だとなじる母親より、背中を向けてテレビばかり見ている父親の方がずっと恨めしかった。

十五歳の私は普通科の高校をあきらめて有名女子商業高校に進学した。そして、ひたすら努力した。全力でいい思い出だけを残そうとし、友人にも夫にも子どもたちにも、自分の選択のように話してきた。今にいたるまで。ずっと。

「ママの自慢だって言ってたじゃない。当時は最高の名門だったんだって。卒業前に銀行への就職が決まって、大学出の社員より早く昇進したって、そう言ってたよね」

「そう。そうだよ。それからまた公務員試験を受けて、放送大学に入った。どうしてママが、あんたたち二人の子育てと仕事で忙しい真っ最中に、がんばってまた大学の勉強をしたと思う？」

ふつうに、同年代の子たちと同じように大学生活を送れなかった悔しさ、高卒で社会に出て感じた限界を、そのときはじめて私は口にした。それとはまた別に、一足先に社会へ出て仕事をし、お金を稼ぎ、人の中で揉まれている人生の先輩としても、韓国社会で大学が単なる学位以上の意味を持つことを強調した。黙って私の言葉に耳を傾けていたウンミが言った。

「あたしは、ママのことが自慢だな。ずっとそうだったし、今もそうだよ」

ああ。言葉が続かなかった。私が後悔し、恨みに思っている本当の理由って、何なのだろうか。商業高校だったから？　大学に行けなかったから？　自分の下した選択ではなかったから？　結局は、自分で志を曲げたのだ。ウンミは、ある商業高等学校の金融科に合格した。


ウンミはとてもがんばっている。資格取得対策クラスと経済新聞サークルに加入し、就職キャンプ、アイディアコンペ大会、経済クイズ大会といった校内の行事にも熱心に参加している。

「大変だったら大変って言っていいんだよ。だからママのいうこと聞いてればよかったでしょ、なんて言わないから」

「大変だよう。英数国だけでも難しいのに、産業、経済、会計、金融……科目が多すぎるんだよね。一生懸命課外授業も聴いてるけど、ついていくのは大変」

それに、同じ中学から進学した友人のせいでプライドが傷ついたのだそうだ。同じクラスだったことは一度もないが、小学校も一緒で挨拶ぐらいは交わす子だった。小学校では児童会の副会長もしていてとても頭がいいという印象だったのに、どういうわけか中学に入ってから勉強がお留守になった。一年生のうちはまだそうでもなかったが、あっというまに成績が落ち、三年の頃は惨憺《さんたん》たるものだったという。なんかモヤモヤする、とウンミは言う。小中高一緒なんだから仲良く支えあえたらいいのに、廊下で顔を合わせても知らんふりされ、目も合わせてくれないのだとか。

「あ〜、めんどくさい。すっごいめんどくさい」

だが、冬休みを前にしたある日、ウンミが、その「めんどくさい」子を家まで連れてきた。ウンミの妹かと思うほど幼く見え、夕飯を誘ってもかたくなに遠慮して、ハトムギ茶を一杯飲むと早々に帰っていった。

「病気だったんだって。知らなかったけど、中学も一カ月遅れで入学したって」

「体が弱くて勉強についていけなかったんだ」

「ううん。体は全然元気になったんだけど、そのときサボったのがすっごく楽しくて、ずっとサボり癖がついちゃったんだって」

その日のお昼に学食で偶然同じテーブルになり、いろいろ話し込んだという。心を入れかえてもう一度勉強をがんばることにしたというその子は、ウンミのノートを借りにうちにやって来たのだった。

「そっか。そんなふうにまた一人親友が増えて、うれしいでしょ」

「まだ親友ってわけじゃないもん」

なにが恥ずかしいのか、ウンミはどすんどすんと音を立てて自分の部屋に入ってしまった。

家の前のパン屋の社長も、久しぶりに会った親戚も、たまたま顔を合わせた近所のママ友も、ウンミは文系、理系？　どこの学部に行くの？　と聞いてくる。最近は受験生の子を持つママも受験生と同じなのだそうで、お母さんも大学受験まであともうひとふんばりよ、と言われたりもする。はじめのうちはかなり頭に来たし、肩身が狭い気もした。だが今では、うちのウンミ、大学行かないんだって、と答えている。慌てる人もいれば冗談と受けとる人もいるが、あえて補足説明まではしない。

ウンミの目標は金融監督院に勤めることだ。金融監督院は毎年五人ほど特性化高の卒業予定者を採用している。ウンミは、成績をキープし、さまざまな経験を積み、試験準備もしっかりやって、必ずや目標を叶えたいと意気込んでいる。私はというと、金融監督院に入ってくれれば文句はないが、でも入れなくてもかまわないと思っている。本当に、かまわない。

自分で選んだ道だからか、それともすぐに社会に出るつもりだからか、ウンミはずいぶんと大人っぽくなった。そのことが、ずっと気にかかっている。愉快に、楽しく、ときには失敗もし、あれこれ迷いながら、たくさん思い出を作って学生生活を堪能してほしい。二度と戻ってこない時間なのだから。ウンミにとっても学生時代は、青くさくて、キラキラして、美しいものであるべきなのだ。

公転周期

ジンスクは図書部の生徒で、去年二月に卒業した〔韓国では二月に年度が終わる〕。パク・ジンスク。自分の名前を嫌っていた。

先生、あたし、いつか、「ジス」って名前に、かえるんだ。

なんとなく。ジンスク、から、ふたつ字を取っちゃえばいいだけだもんね。ジ、とス、だけにします。うちのおじいちゃん、なんであたしをこんな名前にしたんだろう。

ふと学生簿の住所を見ると、13階に住む子が多かった。周囲にさほどマンションがあるわけでもないのに、どうしてまた13階なんだろう。おかしくて、妙に引っかかった。夜、事務仕事をしながらあらためて見ると、13ではなくBだった。B。地下。地下一階に住む子、地下二階に住む子、地下三階に住む子……想像がつかなかった。地下二階、三階って、そもそも窓がないってこと？　まったく日が差さない？　ジンスクの家は、地下二階だった。

地下一階はね、半分地下ってことだから、まだ地面の上に出てるとこがあるんですよ。半地下って知ってるでしょ、先生。窓もあるし、お日さまも入るし、外も少しは見えるし。でもね、うちはカンペキ地下なんです。めっちゃ地下。天井から、オール土の中、みたいな。電気つけないとまっくらで、なんにも見えないんですよ。

でもね、それは平気なんです。電気つければいいだけだから。困るのは換気ができないことで。扇風機をいくら回しても、食べ物のニオイが残ってるし。湿気もすごいし。だから、うちと地下一階のひとは外の、隣の塀までのあいだのところに洗濯物を干してたんです。地下一階はおばあちゃんと娘さんが二人で住んでて。だから安心だったんだけど、去年からそこに下着、干せなくなっちゃった。しょっちゅう、あたしのパンツとブラジャーばっかりなくなるんですよね。どこの変態が、あんなに高い塀を飛び越えて入ってくるのかなあ。一回ね、新しいパンツとストッキングを下げてみたんですよ。そしたら、それは持っていかれなかったです。あたしがはいたのだけを、持っていくんだよなあ。はあー。ホント変態でしょ。それからは家の中で干すか、ドライヤーで乾かしてから着るんだけど、あんまりちゃんとは乾かないんです。毎日生乾きのやつ着てたらカビが生えて、洗っても黒い跡が消えなくって。あーあ、信じらんない。先生、あたし、将来赤ちゃん産めなかったら、どうしたらいいと思う?

学校には「小さな図書館」という札がかかった読書スペースがあった。「図書館」が名前負けするほどわずかな本しかなかったが、一番若い国語教師だという理由で私が運営を任されることになった。定期的に読書会を開いたり、読書感想文コンクールやクイズ大会といったものを開催しなければいけないという。どう考えても一人では無理だったので図書部員を募集したが、学生は本を読むためではなく、休憩するために応募してきたらしかった。行事の準備には無関心で、ふらりときたかと思うと、雑誌やマンガをパラパラめくって帰っていく。ジンスクもそんな図書部員の一人だった。

私は授業の後、だいたいその図書館で仕事をしていた。ジンスクはほぼ毎日、用もないのに顔を出して腰を落ち着ける。かといって本を開くわけでもない。そもそもどうして図書部に入ったのかと聞くと、なんででしょーか？　と混ぜっ返す。本当に、私には理由が思いつかなかった。

図書館にいたいから、です。家には帰りたくないけど、外をぶらぶらするのも全部お金がかかるし。でしょ。あたし、毎日ここにこうしてていいですよね？　図書部員だもん。

えっ？　な、なに？　勉強、ですか？　いま、勉強しなさい、って言ったんですか？

あ、ちがいます、そうじゃなくって……。勉強しなさいって言われるの、はじめてだったから。

お父さんは毎日、問題起こすなって言うだけだし。悪いガキと一緒になってしょうもないことしたら、足首切り落とすぞーって。本当には切らないと思うけど、骨が折れるぐらいまで殴るのは全然アリなんで。うちのお母さん、マジで腕とか足とか折られて、逃げちゃったんですよ。全部覚えてます。お父さんは、早く卒業して稼いでこいって、そればっかりですね。学校って、勉強できなくて特に悪いことをしないあたしみたいな子は、透明人間とおんなじだから。

うっわ〜、勉強しろって言われるのって、こんな感じなんだなあ。

ゆ、め、ですか？　えへへへへへへっ。今日ははじめて聞く言葉ばっかだ。あたしの、夢。うーん。あたしの夢は、二十四坪のマンションを買うことです。小学校のとき、友達んちに遊びにいったんですね。ホントは遊びにいったんじゃなくて、グループ課題をやりにいったんですけど、それがすぐ前のハナマンションだったんですよ。めちゃめちゃすごいの。テレビに出てくるおうちみたいでした。片方の壁がぜんぶ、ぜーんぶガラスだから、ガラスの向こう側で車が走ってるのも見えるし、歩いている人も見えるし、他の建物も見えるし、夕方になってお日さまが沈みはじめると、そのガラスからいーっぱい光が入ってくるし！　すっごいまぶしかったですよ。家のなかなのに。そのとき決めたんです。このマンションに住むんだって。いちばん大きい部屋はお母さんにあげるの。うちのお母さん、腰がちょっと悪いんです。痛くならないように、絶対にベッド、置いてあげます。その次に大きい部屋は双子にあげて、いちばん小さな部屋はあたしが使おーっと。洗濯物はベランダに干せて、トイレも家の中にある、よその人からドンドンってドアたたかれないトイレを使って暮らす、みたいな。

お父さんと？　ないない、お父さんと一緒に住むなんて。自分でお金を稼ぐようになったら、お父さんとは暮らしません。双子連れて、家を出ます。それで、お母さんも呼んで四人で一緒に住むの。
双子はね、いま六歳です。二人ともけっこう問題児みたい。送り迎えのとき、いつも保育園の先生から、お父さんに一度来てもらえる？　って言われるから。お父さん、行かなきゃですよね。

一度、ジンスクが一週間無断欠席をしたことがあった。顔を見かけなくなった最初の頃は体調でも崩したんだろうと軽く考えていたが、欠席が長びくにつれ、次第に心配になってきた。聞けば単に成績が悪いだけで、家出したり悪い仲間とつきあったりということがあるわけでもない、とりたてて問題のない生徒らしい。ジンスクの言葉を思い出した。外をぶらぶらするのも全部お金がかかるし。担任は、家には電話がないし本人も電話を持っていない、父親は電話に出ないとこぼしていた。明日あたり家庭訪問しなきゃならないだろうな、とため息をつきながら。
幸い、ジンスクは翌日から再び学校にやって来た。うれしくもあり、心配をかけてと頭にもきたが、私は何食わぬ顔でジンスクに接した。

うーんと、実はぁ、実は、あたし、うーん、えーっと、アノ日だったんですね。でも、ナプキンがなかったんです。すんごい量が多いのに、お金が全然なくて、でもお父さんには、ナプキン買いたいって言いにくいし。ちょっと問題集買うからお金ちょうだい、って言ってみたんですけど、お父さんも今はお金ないって。来週くれるっていうから、待ってたら生理が終わっちゃった。なんか、あたし、イタいですよね？　ナプキンがなくならないように注意しながら使ってても、こうやって計算をミスっちゃうときがたまにあるんです。そしたらもう、学校には来られないから。

家で、ですか？　小さくなったTシャツで、いくつか布ナプキンを作ってあるので。でも、それだとあんまり吸収がよくなくてしょっちゅうもれちゃうから、家の中だけ。学校では使えないです。洗って、部屋のドアノブにかけて、家族にわかんないようにこっそり干すんですけど、何日もかかるし。だから昼間はだいたい、洗面所の排水溝のところにしゃがんでるんです。足がしびれたりとか、お腹が痛くなったりしたら、Tシャツナプキンあてて、ちょっと寝っ転がるとかして。きょうだいの小さくなった服をあてて、すごい汚れたらそのまま捨てちゃって……。

保健室からもらう？　ダメですよー、たまーに、突然始まったとかで一個借りるだけならいいけど、一カ月分ぜんぶなんてくれません。学年とクラスと名前を書いて借りるから、後で返さなきゃいけないし。借りるときもいっぱいいろいろ言われるんです。女の子がナプキンもちゃんと用意しないでどうするの、とか。普通に友達とかから借りるほうがまだマシ。先生、なんで、女の人には生理があるんですか？　マジでウザい。面倒だし、恥ずかしいし、痛いし、それに、ナプキンって高すぎるんです【訳注8】。もともと少ないおこづかいなのに、節約して節約してナプキンを買うたんびに、子宮なんか引っこ抜いてしまいたくなります。

私も先週、ずっと生理だった。バッグに入れたナプキン用ポーチには、オーガニックの昼用、多い時用のナプキン、パンティライナーがそれぞれ一個ずつ入っていた。これをあげるから急なときに使いなさいと渡したくなったが、簡単にそう言うことはできなかった。今ジンスクが困っているのは、非常用ナプキン一個のことだけではないのだ。生理がわずらわしくて大変だとはいつも思っていたけれど、ナプキンの値段が負担になったことは一度もない。うちのクローゼットにあるナプキン用のバスケットには、母と私と妹のナプキンがいつも種類別に用意されていた。

疼《うず》く下っ腹を抱え、毎日鎮痛剤を飲みながら教壇に立っていたあの一週間、ジンスクは素っ裸で排水溝に経血を流し、あるいは古い服をあて布にしてやり過ごしていた。教室のほかの誰かも、生理のなか授業を聴き、ごはんを食べ、試験を受け、体育のある日にはグラウンドを走りもしたのだろう。つつがない日常、安定した状況での生理は大したことでなくても、そうでないときの生理は大事《おおごと》になりうる。

【訳注8】ナプキンって高すぎる〜　二〇一六年、韓国の有名ナプキンメーカーが値上げを発表したのをきっかけに、生活困窮でナプキンが買えない女子の窮状が明らかになった。タオルで止血しているため一週間学校を欠席せざるをえなかった小学生、靴の中敷きをナプキン替わりに使っている高校生など、次々と明かされる事実に社会は大きな衝撃を受けた。

卒業式の日も、ジンスクはもじもじしながら小さな図書館へとやってきた。

ありがとうございました。

あのう、先生が高校に行けるようにしてくれたこともうれしいんですけど、これまであたしのどうでもいい話を聞いてくれて、ありがとうございます。あんなにいっぱい話して、先生に迷惑かけるつもりはなかったんだけど。でも、だまってぜんぶ聞いてくれたから、ついいろいろ話しちゃって。ジャマしてすいませんでした。あたしのイヤな話、ぜんぶ忘れてください。でも先生。あたし先生のこと、きっと忘れません。

就職するというジンスクを何度も説得し、入学金と最初の学期の授業料を代わりに出すことにして高校へ進学させた。はじめのうちはたまに電話がきた。出来がいいとまではいかないが頑張っているという話だったが、六カ月もしないうちに連絡は途絶えた。

私もジンスクが忘れられない。下腹部に攣《つ》れるような感覚が走り、腰がちくちく痛むたび、同じようにつらく、しんどく、困難な時間を過ごしているはずのジンスクのことが、頭をよぎる。

十一歳の出馬宣言

ハン《一》マウム《心》小学校の生徒のみなさん。こんにちは。私は今回、ハンマウム小学校の児童会会長に立候補した、候補番号二番、六年三組のチェ・ウンソです。

会長に立候補した他の候補者のみなさんは、すばらしい公約をたくさん発表していましたね。きれいな学校にする、暴力のない学校にする、優秀な学校にする。私は、そんな立派な約束はできません。それよりもっと大切で、急いでやらなければならないことがあるからです。私は今、満十一歳です。だから、人生の半分ぐらいを小学生として生きたことになります。みなさん、小学生でいるのは楽しいですか？　小学生の自分を、理解してもらっていますか？　それか、尊重されていますか？

中学校、高校、どちらも三年なのに、小学校は六年です。決して短いといえないこの六年という時間に、ハンマウム小学校の千人の生徒が、もっと幸せな生活ができたらいいと思います。

私が会長になったら、最初に「小坊《チョディン》〔子どもっぽく利己的なふるまいをする相手への蔑称〕」という言葉を使わない小学校にしたいと思います。

みなさん、「小坊」ってどういう意味か知っていますか。ただ「小学校に通っている人」という意味だけでしょうか？　だったらどうして、「小坊」って言われると、いやな気分になるのでしょうか？　幼稚で単純な人、他人に迷惑をかける人、そういう人は、大人でも小坊と呼ばれます。「小坊」はもう「小学生」という意味じゃなくて、問題がある人、という意味なのです。だったら小学生の私たちは、みんなそんなに困った人なのでしょうか。

夏休みや冬休みになると、小坊がインターネットに書きこみをしまくる、といわれます。でも、悪質な書きこみを告発している芸能人のインタビュー記事を読むと、そういうことをしている人に小学生はいなくて、ほとんどが大人だそうです。小学生以下は入店禁止のお店もあります。店の中で騒ぐからだそうです。学校の正門前のタコ料理屋はうちの両親がやっている食堂です。お父さんとお母さんは、お酒を飲んだおじさんのお客さんが一番うるさくて、汚くて、行儀が悪いと言っていました。でも、そういう大人が入店禁止のお店はありません。テレビのコマーシャルでは子どものことを希望だ、未来だと言うくせに、実際は子どもを無視して、邪魔ものあつかいしています。「小坊」が問題だ、と言っています。

なのに、私たちもお互いのことを「小坊」ってからかったりしてますよね。これ以上、自分で自分を否定するような言葉は、使わないようにしようではありませんか。まちがいがあったらまちがった人だけを、まちがった行動だけを、指摘するべきだと思います。先生も、親も、叱ったり間違いを教えたりするとき、「小坊」を使わないようにするべきです。ハンマウム小学校の誰もが尊重され、わかってもらえる小学校生活を送れるよう、生徒と先生、お父さんお母さんを説得したいと思います。

二番目に、性暴力のない小学校を作りたいと思います。

「ア～ン、キモティ」。みなさん、この言葉をよく耳にしませんか？　私は四年生のときにはじめて聞きました。クラスの何人かがよく、キモティ、キモティ、と言って笑っていたので、うわあ！　びっくり！　みたいな感嘆詞だと思っていたのです。音の響きもかわいいので、「アン　キモティ」は流行語みたいに広がっていきました。ところが、それをたまたま聞いた担任の先生に、どういう意味かわかっているのか、と叱られました。日本のアダルトビデオに出てくる女優さんが言う言葉なんだそうです。殴る真似をしたり、わざと悲鳴を聞かせたりすることも脅しになるのと同じで、性的なしぐさをしたり、そういう言葉を使うことも暴力になる、と教えてもらいました。

小学生にも人気のネット番組に出ている人たちが、女の人のことをキムチ女〔男性が交際や結婚の経済的な負担を担うべき、と考える依存的な女性を揶揄した造語〕とか、虫けらだとか、男の人に迷惑な存在だと言っています。悪口を言って、馬鹿にして、女を殺しにいくぞ、と言ったりもします。もしかして今日も、あの番組のなかで使われているような言葉を言いませんでしたか。お母さんのことをヤリマン、メスブタとののしったり、クラスの女子の外見を格付けしたり、いやらしい動画をマネして口癖みたいに「ア

ン　キモティ」って言いませんでしたか。どれも明らかにセクハラだし、暴力です。

小学校の教室ではすでに性暴力が起きています。子どもだから、遊びだから、たいしたことじゃないからとスルーするのは、まちがったことをする生徒にも、被害を受けた生徒にも、よくないと思います。生徒がきちんとした性教育を受けられるようにしたいです。被害者も加害者もいないハンマウム小学校にします。

最後に、一週間のうち一時間は、時間割に空き時間を作ります。

韓国の小学生は、一週間で平均八時間四十分くらいを塾で過ごしているのだそうです。本当のことを言うと、私や私の友達はそれよりもっと長い時間塾にいます。高学年になってからは授業も遅くまであるし、単語テストとかの日は試験にパスしないと帰れないので、家に着くのが夜の八時を過ぎることもあります。学校が終わると家に帰って、おやつを食べながら宿題をして、塾に行って、また家に帰って夕飯を食べて、今度は塾の宿題をして寝ます。他のみんなも私と似たような毎日でしょう。

最近、親から受ける注意のほとんどがスマホのことです。つまらない動画なんか見て、とか、学校で毎日会える友達と遅くまでカカオトークして、とかです。二人とも仕事をしているから仕方ないとは思いますが、親が決めたスケジュールが、ぱんぱんすぎるのです。スケジュールとスケジュールのあいだにちゃんと遊べる時間がないし、みんな塾の時間がそれぞれ違うから、集まるのも大変です。そういう細切れの時間をひとりで過ごす方法は、スマホだけです。

これまで、私たちはスポーツをするときも、遊ぶときも、出かけるときも、先生が一緒でした。誕生パーティはテコンドーの道場で、テコンドーの先生がしてくれました。ボードゲームは数学塾で、伝統遊びは学童保育で習いました。子どもだけで過ごすチャンスがなさすぎでした。私たちにはそういう経験が必要なのです。空き時間があれば、友達と騒いだり、遊んだり、ケンカしたり、一人でしずかに読書したり、机につっぷして寝ることもできるのです。

先生も、お父さんお母さんも反対するでしょう。児童会の会長ができることではないかもしれません。でも、大人をちゃんと説得して、一週間に一時間、もっと短くてもいいから、必ず時間割に空き時間を作りたいと思います。

三つの公約は、どれも私一人の力では叶えられないことばかりです。でも、私たちにとって絶対に必要なことだと思います。私が先頭に立って努力します。一緒にやっていこうではありませんか。

清き一票をチェ・ウンソにお願いします。

エピローグ：78年生まれ、J

この五月、J氏は満四十歳になった。J氏は小学校四年生の娘、六歳の息子とともにソウル近郊の新都市でマンション暮らしをしている。あっ、夫もいたっけ。建設会社勤務の夫はいま地方の現場に詰めていて、週末だけ家に戻ってくる。今年結婚十二年目。夫がいなくて寂しいか？　うーん。正直、夫がいたときと週末婚の今でどう違うかよくわからない。

保育士のJ氏は朝、まず娘を学校に送りだし、それから息子と一緒に保育園へと向かう。出産前は幼児教育関係の企業に勤めていた。乳幼児向けの教材や教具を販売したり、訪問授業のプログラムを運営するのが事業内容で、J氏は派遣講師の管理を担当していた。子どもを相手にした業種のくせに、育児休業のようなものは保障されていなかった。子どもを預ける場所がなくて出産と同時に退職したJ氏は、決してあの会社の教材は買うもんかと心に誓った。子育てをしながら保育士の資格を取り、去年から二人目が通う保育園に勤めている。

娘は、どうやらすでに思春期のようだ。四年生に上がってからずいぶん気持ちの行き違いが増え、BTSのニューイヤーコンサートに行かせなかったことで決定的になった。まだ十歳でコンサートは早いと許さなかったのだが、娘の親友は、母親も一緒にチケットをとって出かけたという。そのことを娘はいまだに根に持っている。もちろん、芸能人に夢中になる気持ちがわからないわけではない。J氏だって、若い頃はある歌手の熱狂的なファンだったのだ。

「ソテジ ワ アイドゥル【訳注9】」は、J氏が中学二年生の一九九二年にデビューし、高校三年生になった九六年一月に引退した。だから、J氏は十代をソ・テジとともに過ごした「ソ・テジ世代」だ。ソ・テジ出演のラジオの公開収録やテレビ番組を観覧するため、せっせとソウルまで通いもした。ファンはソ・テジの曲やダンスにだけ心奪われたわけではない。彼が発信するメッセージにも熱狂していた。「カムバック・ホーム」と歌われれば家出少年たちは家に戻り、「渤海を夢見て」と聞けば南北統一の問題に関心を抱いた。高校中退のソ・テジは学歴への認識をも変えた。彼は単なる歌手ではなく、文化であり現象だった。

ソ・テジ以降、大きな芸能事務所がオーディションで練習生を選び、一定の養成期間を経てデビューさせる日本式のスター育成方法が韓国でも成功し、定着した。練習生出身のアイドル

【訳注9】「ソテジ ワ アイドゥル（ソ・テジと仲間たち、の意）」は、わずか四年の活動期間を経て解散した伝説の三人組男性グループ。楽曲にヒップホップやダンスを取り入れて新風を巻き起こした。また、時に政治的な内容をも含むメッセージ性の高い歌詞は多くの若者を虜にし、特に十代の爆発的な支持を得た。

グループが続々登場し、やっぱり中高生をターゲットに教育制度や校内暴力について歌っていたが、なぜだかJ氏は心動かされなかった。音楽番組のランキングで一位になると真っ先に事務所の社長に礼を言う彼らになじめなかった。

既存の規範や秩序に反旗を翻す若きアーティスト。ソ・テジは、感受性豊かだった十代のJ氏に最も大きな影響を及ぼした人物だった。

J氏が大学に入ったのは九七年度。修能《スヌン》試験〔一六八頁参照〕が歴史的な高難度の年だった。試験結果を見た受験生たちは、こんな点数で大学に行けるかとか、行けるとしたらどこの大学かなんてことに頭が回らないほどショックをうけてしまった。J氏は、出願可能な四つの大学のうち一つを志望大学、残り三つを安全圏の大学にし、合格したいくつかのなかから一番レベルが高いとされる大学を選んだ。

大学生活は正直、手ごたえがなかった。活力あふれる若者が集う空間のはずなのに、なんというか、誰かに冷や水を浴びせられた後、みたいな感じだった。学部制に変わったせいもあったと思う。九五年に国がまとめた教育改革案を受け、九六年度からは、それまで学科単位だった学生募集を学部単位に切りかえる大学が急増した。J氏が入った社会科学部は新入生だけで三百人近くいて、学籍番号の近い数人を除き、ほとんどが名前も知らない顔だった。一年は社会科学部所属、二年は学部から専攻の学科に分かれたばかり、三年から上の学年ははじめから学科単位と、先輩後輩の関係がややこしく、ぎこちなかった。入学の前の年の九六年に起きた韓総連《ハンチョンニョン》事件〔韓国大学総学生会連合が九六年の夏に起こした大規模なデモ〕も影響していただろう。デモや、デモの鎮圧過程での暴力事件のせいで、市民の学生運動に対するまなざしは冷ややかなものになり、運動の組織力が弱まったともいわれている。おまけにＩＭＦ危機〔一三八頁参照〕のせいで景気は悪化、就職は狭き門、学生たちはスペックを積むのに必死だった。大学時代を思うとき、社会意識、連帯感、責任感という言葉より「個人主義」という言葉のほうが頭に浮かんでしまう。

四年生のはじめから手当たりしだいに履歴書を送ったが、結局卒業までに就職は決まらなかった。これ以上親には甘えられないからアルバイトをしようと思ったが、そんな時間があったら就職の準備にあてたほうがいい気もする。お金はないし心は折れるし、だんだん人と顔を合わせるのを避けるようになった。毎日ひとりで悶々と就職について考えているうち、本当に鬱っぽくなった。卒業から一年が経とうとする頃にようやく就職が決まったが、そんな思いまでして入った会社にも、正直満足は感じなかった。やりたいことをするというのがどれほど夢みたいなことか、思い知らされた。

とんでもない安月給で福利厚生には目もくれない会社だった。だが、残業はほとんどないし休日はきっちり休める。労働条件としてはあたりまえのことがものすごい長所と思えるほど、大韓民国の会社員たちは働きづめだった。

Ｊ氏にとって、会社はお金を稼ぐ場所だった。もちろん任された仕事にはベストを尽くして立派にやり遂げたが、ただそれだけ。仕事が終わったら読書をし、外国語を習い、スポーックラブに通う。そんな時間を楽しんでいた。好きなことを職業にして仕事で充実感を得られたらよかっただろうが、実際にそんなことができる人は一握りだ。世間には、与えられた仕事を黙々とこなす平凡で誠実な会社員のほうがはるかに多いのだし、J氏もそんな一人だった。

会社の規模が小さいぶん、ゴタゴタも多かった。数人が顔を寄せあっているだけで不安になるほどだったが、同じ係の女性の先輩二人とはとても気が合った。仕事帰りに三人で映画を見て、ごはんを食べて、よく飲みにも行った。なんとか日程をやりくりして休みを合わせ、一緒に旅行もした。思い出はたくさんあるが、決して忘れることのできない記憶はふたつ。すべて光化門《クァンファムン》広場での出来事だ。

あれは入社の翌年だから、J氏がまだ新入社員の二〇〇二年、日韓ワールドカップが開催された。当時大韓民国でサッカーが嫌いな人間はいなかった。誰もがワールドカップに熱狂し、街頭応援という独特の文化まで生まれた。J氏はサッカーのルールはさっぱりだったし試合を観たこともなかったが、その熱気を肌で感じてみたくなった。人でごったがえす場所に出かけるのも、試合が終わった後の帰りの足も不安だけど、でも一度くらいは光化門広場に行っておくべきだろうということで先輩とも意見が一致した。

Xデーは二〇〇二年六月十八日、イタリア戦だった。試合は夜の八時三十分からだったが、三人は午後から半休をとり、早めに光化門広場に向かった。それでもあまりいい場所はとれなかった。信じられないくらい多くの人が集まり、その大勢が同時に息をつめ、同時に歓声を上げげ、溜息をつき、歌をうたう。安貞桓《アン・ジョンファン》が逆転ゴールデンゴールを決めたときには初対面の人とひしと抱き合い、おんおん声を上げて泣いてしまった。J氏も、先輩も、広場を埋めつくしていた見知らぬ人々も、みんな少しどうかしていたのだと思う。思えば、愉快で奇妙な体験だった。

いま、三人は別々の地域に住み、あのときとは違うことをしている。環境も生活も以前とは変わり、各自がそれぞれの理由で忙しく過ごしているが、それでも年に一、二度は顔を合わせて積もる話に花を咲かせる。去年のはじめ、三人は十五年ぶりに再び光化門広場に集まった。浮き足立った思いからではなく、怒りにかられて。手には応援グッズのかわりにろうそくが握られていた。二〇〇二年のあの日と同じように、信じられないほど多くの人が集まっていた。その大勢が同時に息をつめ、同時に歓声を上げ、溜息をつき、歌をうたった。

誰にも開かれた広場、自ら集う人々、同じ思いと目的、重なる声。広場に立つと少し胸に迫るものがあったが、不思議と心が晴れることはなかった。あの感情を、なんと呼んだらいいのだろう。あえて近い言葉を探すとすれば、罪悪感かもしれない。私はこれまで一瞬でも、熾烈に生きたことがあっただろうか。悩み、疑問を感じ、問いただすということがあっただろうか。そこそこ平穏だったから、景気が悪くて食べていくのに必死だったから。そう自分に言い訳をしてみても、J氏はずっと、心のどこかがずしりと重かった。

＊

J氏は、実は私だ。私の一番の親友のことで、だいぶ前に連絡がとだえた同級生のことで、互いに子どもの名前で呼びあう隣家の同い年のママ友のことだ。

若かった頃を振り返ると、なぜかノスタルジックな気分になる。私と私の家が貧しかっただけで、世界は貧しくはなかった。人々は自由で、自信にあふれていて、わりに余裕があった。心と体の健康や人生の幸せを追求しようという「ウェルビーイング」が流行っていた。金大中《キム・デジュン》政権の「国民の政府」―盧武鉉《ノ・ムヒョン》政権の「参与政府」の時期に大学で学んで社会に出たが、何かに萎縮させられたり抑圧されたりする空気はなかった。それがいまやトレンドは「コストパフォーマンス」であり「プチプラ」だ。声は権力に遮《さえぎ》られ、嫌悪と蔑視が基本的な態度になっている。豊かに暮らしたい。そう言っているあいだに、モラルの基準は果てしなく低下した。そしてほんの数年で、あまりにも多くの人が命を落とした。

四十になった。四十を過ぎたら自分の顔に責任を持てという。それまでの生き方、態度、価値観で顔つきが変わるから。そして自分の顔だけではなく、自分を取り巻く社会にも責任を持つべきなのだ。これからは、周りの状況に振り回されるばかりにはならないでいよう。自分がどう暮らし、どんな態度をとり、どんな価値観を持つかは、周りの人を、組織を、もっといえば社会を、変えていくのだから。責任を果たす大人になりたい。

日本の読者の皆さんへ

チョ・ナムジュ

日本語版の刊行を前に、久しぶりに『彼女の名前は』のページをめくってみました。

この二十八編は、二〇一七年の一年間に京郷《キョンヒャン》新聞と『Littor』『コスモポリタン』などの雑誌に発表した短いフィクションやエッセイに手を入れたものです。韓国では二〇一八年五月に刊行されました。そのあいだにKTXの女性乗務員たちは復職し、学生たちが総長の退陣デモを繰り広げていた梨花《イファ》女子大学では初の直接選挙で総長が選出され、男性の育児休暇取得者が年々増加しています。

しかし、変わっていないことのほうがずっと多い気がします。世界最大の児童ポルノサイトを運営していたソン・ジョンウ【訳注1】は軽い処罰で釈放され、生活同伴者法【訳注2】と差別禁止法の制定には程遠く、女性たちは相変わらず子育てと介護の責任を負っています。この本を二〇二〇年の現実として読んでも、それほど違和感はないでしょう。そうです、実は少しがっくりしています。

この頃は、女友達や先輩、後輩たちと「なんでもいいからやってみよう」とよく話しています。あまりに絶望的で、怖くて、期待もできないけれど、だからといってそのまま放っておくわけにはいかないと。すぐには変わりそうにない現実をこの両目で見つめながらも、訴え、抗議し、通報し、集会に参加し、後援をし、文章を書きながら、互いを応援しています。

韓国には「卵で岩を打つ」ということわざがあります。卵を投げつけたからといって岩を穿つことができないように、絶対不可能で無謀なことをいう言葉です。これに対して「卵で岩は割れなくても汚すことはできる」というジョークも生まれました。誰が言い始めたのかわからないこの言葉が、私はとても好きです。役に立たない巨大な岩が私たちの前進を妨げているとき、そうか、と足を止めたり、引き返したりしたくありません。ここにそぐわない岩の塊が道を塞いでいるよと声を上げたいのです。一緒に悩んでみたいのです。

もしかしたら、ここにある物語は巨大で堅固な岩に投げつけられ割れた、無数の卵の痕跡かもしれません。そして私は、今日も卵を投げつけています。いつかこの岩は割れるはずだと、みんなで動かしてなくせるはずだと信じながら。向こうにどんな道が続いているのだろうと、胸をときめかせながら。

二〇二〇年夏、ソウルにて

【訳注1】ソン・ジョンウ　二〇一五年七月から二〇一八年三月まで、児童の性的虐待動画約二十万件以上を自身の運営サイト「ウェルカム・トゥ・ビデオ」にアップし、韓国だけでなくアメリカを含む複数の国の司法当局から捜査対象とされた人物。韓国での逮捕後、アメリカはソンの犯罪人引き渡しを求めていた。だがソウル高裁はこれに応じず、ソンは一年六カ月の刑期を終えた二〇二〇年四月に釈放された。
【訳注2】生活同伴者法　婚姻関係以外のパートナーシップを保障する法律。

訳者あとがき

本書は、チョ・ナムジュが『82年生まれ、キム・ジヨン』（以下、『キム・ジヨン』）に続いて二〇一八年に発表した小説集である。暮らしのなかで感じる不条理に声を上げ、勇敢に生きる女性たちの話を二十八編の物語として描いている。

もともとは二〇一七年の一年間、京郷《キョンヒャン》新聞に連載された記事だった。連載時のタイトルは「彼女の名前を呼ぶ」。その後、ノンフィクションの色合いの強いそれらの掌編を小説に再構成し、『彼女の名前は』とタイトルも変えて発表された。

前年の二〇一六年は韓国で『キム・ジヨン』が刊行された年だ。また、五月に起きた江南《カンナム》駅女性殺人事件をきっかけに新しいフェミニズムのムーブメントが始まった年でもある。

アディーチェ、ロクサーヌ・ゲイ、イ・ミンギョンなどの書いたフェミニズム本が盛んに読まれ、女性差別撤廃を謳う大規模なデモが行われ、ネットを中心として性暴力の経験を訴えるMeToo運動に火が付いた。そうした大きなうねりのなか、社会や歴史から消し去られてしまった女性の名前を呼び、記録しようという動きが生まれた。と同時に、「誰々の母」「誰々の妻」「女性〇〇」「彼女」としてではなく、一人の人間、独立した個として女性を捉え「呼名（호명）」

する物語にも注目が集まった。新聞連載の「彼女の名前を呼ぶ」は、そうした動きのなか発表されたものだった。

　では新聞連載時の記事と小説集である本書にはどんな違いがあるのだろうか。実は取り上げられている題材が少し異なっている。たとえば、連載時はテレビドラマ『甘くない女たち～付岩洞《プアムドン》の復讐者たち～』『師任堂《サイムダン》、色の日記』や映画『女優は今日も』『女は冷たい嘘をつく』『ヨンスン』などを題材に、それぞれの物語に描かれた女性の姿を確かめるという回が複数あった。だが「小説」として再構成された本書では、新聞連載のうち著者が直接取材した女性の、等身大の物語だけが選ばれている。「女子高生」「妊婦」「花嫁」「おばさん」「妻」「母」「彼女」と、本人の意志にかかわりなく振り当てられた役割で呼ばれ、脇役にされがちな女性たちが、本書では物語の中心にしっかりと据えられているのだ。

　なかでも特徴的なのは、社会の不条理に声を上げる女性たちを描くにあたり、そのアクションだけではなく、彼女たちの日々の暮らしにまで目を注いでいることである。記事が人物の置かれた状況や問題意識を「記事」として強調することに重点を置いているとすれば、小説では生活の細部を描き込むことでキャラクターを立体的に浮かび上がらせ、役割ではなく個としての魅力を際立たせている。あわせて手法も、インタビュー、手紙、日記などのさまざまな形式が採用され、時に連作も登場する。小説としての愉しみをも追求しているのである。少しご紹介すると、たとえば「調理師のお弁当」はルポではこんなふうだった。

タイトル：「調理師たち、『一つでも多く副菜を』と苦心しても、ただの〈近所のおばちゃん〉とは」

お知らせのプリントをもらい、先生からも説明を聞いているせいか、生徒たちもストライキのことはちゃんと知っている。ストライキ前日、配食をしていると、生徒から「ストライキするんですか？」と聞かれた。「ストライキってなんですするんですか」と聞く子も数人いた。ミギョン氏はどういったらわかりやすく説明できるか悩み、ただ「あなたたちがおばさんみたいに生きてほしくないからだよ」と答えた。子どもたちに自分の話を理解してほしいと思うが、こういう話を理解しなくていい世の中になってほしいとも思う。

そして、小説「調理師のお弁当」。


「最近の小学生はなんでも知ってるのよ。昨日配食の時に、明日からストライキですよね。ストライキって何のためにやるんですか？　と言われてびっくりしちゃった」

「で、なんて答えたの？」

「あとであなたたちが、おばさんみたいに生きてほしくないからだよって」

「お母さんみたいに生きたら、何がだめなのさ」

スビンは平然とごはんをたいらげ、弁当を作ってもらったお礼を忘れなかったけれど、エレベーターに乗るとがまんしていた涙がこみ上げてきた。

同じ場面が、小説では調理師の母と娘の会話のなかに描かれ、より読者の心に訴える物語となっている。「彼女の名前を呼ぶ」は、いまも京郷新聞のウェブサイトで読むことができる（二〇二〇年七月現在）ので、韓国語がわかる方は、ぜひ本書と読み比べていただきたい。

＊

著者が「はじめに」で記しているとおり、本書にはさまざまな年代の女性の物語が収められている。社会的なイシューだけでなく、日常生活のささやかな一コマに自分の「好き」や「正しさ」を守ろうとする女性の姿もある。彩り豊かな二十八の物語が収められているなか、トップバッターとして登場するのは、職場でセクシャル・ハラスメントを受け、苛酷な状況のなか闘い続ける被害者の物語だ。

なぜ、この物語が最初に登場するのか。

二〇一九年の夏、本書の翻訳にあたって著者とお目にかかりその質問をぶつけると、理由を教えてくれた。読者に、この本についてあらかじめ伝えておきたかったからだと。決して明るくて楽しいエピソードばかりが並ぶ本ではない。むしろ、直視するのがつらいほどの現実が目の前に広がる本なのだと。それをまず、読者に伝えておきたかったと。

社会の不条理に声を上げることは、現実を変えたいと宣言することである。変化を見届けようとすることである。だが、それがどれほどの時間と、労力と、勇気を要することか。

たとえば、「公転周期」で描かれた生理用ナプキンの問題。ソウル特別市は二〇一九年末に条例を改正し、十八歳以下のすべての女子に生理用ナプキンを支給できる根拠を整えた。だが、条例改正後も支給開始日などの具体的な議論は進まず、そのうちに新型コロナウイルスの感染拡大となった。市民団体は二〇二〇年五月に記者会見を開き、「コロナでも月経は続く」「貧困に苦しむ女子は、コロナによってますます多くの負担を背負っている」と、早期の支給実施を呼びかけた（韓国、『女性新聞』二〇二〇年五月二十八日記事より）。

一つ進む。進んだかに見える。だが実際は、まだ変わっていない。まだ遠い。その長い道のりに耐え、声を上げ続けられるか。折れずにいられるか。実は、声を上げることそのものより、声を上げ続けることのほうがはるかに困難なのだ。変化さえ求めなければ、少なくとも慣れ親しんだ日常は続き、個人の生活を犠牲にしなくてもすむ。本書に登場する女性たちも、時に惑い、躊躇する。その等身大の姿は、たしかに著者が言うように読んでいても胸苦しくなる。

そしてだからこそ、著者は物語というかたちを選んだのだと思う。取材の深度や証言の有無にとらわれず、叙事として描くこと。そのほうが「彼女」たち一人ひとりをきちんと描けるから。もしかしたら、同じ環境で声を上げられないでいる、誰かの思いも汲みあげられるかもしれないから。

『彼女の名前は』について、著者はこうも語っていた。『キム・ジヨン』によって、こんなことがあるのだと社会に認識されたことはよかった。だが、あのなかでキム・ジヨンは自分で声を上げない。あの本が出てから、自分も、社会も、認識しているだけではだめだと感じた。半歩でも前に進もうと、そのためにこの本を書いた、と。

本書の最後が、多くの可能性を持つ小学生の立候補演説でしめくくられていることに、著者が託した希望を感じる。

＊

本書には、新聞連載で発表された以外の作品も収められている。

「運のいい日」は、隔月文学雑誌「Littor」四号（二〇一七年二、三月）掲載。韓国の不動産問題を取り上げた特集号に掲載された作品で、一九二四年に発表された玄鎮健《ヒョン・ジンゴン》の短編小説「運のよい日」（『朝鮮短篇小説選〈上〉』、大村益夫・長璋吉・三枝壽勝訳、岩波文庫）を下敷きにしている。また、「大観覧車」「老いた樫の木の歌」は、ウェブ小説プラットフォーム「pandaflip」に「超短編」として掲載されたものを改編している。

著者は本書発表後も旺盛な執筆活動を続けている。二〇一九年には、選ばれた者だけが居住を許される都市国家を舞台に、社会の不条理や差別を見つめた長編小説『サハ・マンション』（斎藤真理子訳で筑摩書房より二〇二一年刊行予定）を発表。また二〇二〇年五月には初のヤングアダルト小説『みかんの味』が刊行された。一作一作、手法を探りながら、著者もまた声を上げ続けている。

最後に、年齢の表記について。満年齢を採用する日本とは違い、韓国では一般的に数え年を使用することが多い。本書では内容をふまえ、「はじめに」、「私の名前はキム・ウンスン」（第一章）、「インタビュー――妊婦の話」（第二章）、「ママは一年生」（第二章）を数え年のまま訳出し、それ以外を日本式にしていることをお断りしておく。

訳者からのしつこい質問にも毎回丁寧に答えてくださったチョ・ナムジュさん、臨場感あふれる解説を書いてくださった成川彩さん、編集を担当してくださった井口かおりさん、そして、装丁を担当してくださった名久井直子さんと、すばらしいイラストを描いてくださった樋口佳絵さんに、この場を借りて感謝を申し上げる。顔を覆い、個を見えなくしていた布を剝ぎとっていく女性たちの姿は、強固な岩目がけて卵を投げ続けるんだという日本の読者のためのチョ・ナムジュさんのメッセージとも重なるかと思う。

二〇二〇年夏

小山内園子
すんみ

解説　82年生まれ、A

成川彩

数々の彼女たちの話を読みながら、自分自身が韓国で経験した、あるいはニュースで見た出来事が走馬灯のように思い出された。小説ではあるが、六十人余りの女性へのインタビューが元になっており、実際に韓国で起こった出来事が背景にあるのは当然だ。

二〇一六年十一月、私は三度目の韓国留学のために大学院の入学試験を受けにソウルへやって来た。まだ日本で新聞記者として働いていたので、金曜夜の便でソウル入りして、土曜午前の試験を受けた。その日は、夕方から朴槿恵《パククネ》大統領（当時）の退陣を求めるろうそく集会が大々的に開かれると聞いていた。午後、ソウルに住む日本人の知人とソウル市庁前で待ち合わせ、ろうそく集会の様子を見に行った。ものすごい人の多さに圧倒され、身の危険を感じるほどだった。三十分ほど様子を見て、これ以上人が増えたら本当に怖いと思って市庁前を離れた。夜、ホテルのテレビでニュースを見ていたら、光化門から市庁前にかけて、ろうそくを手にした人がぎっしり集まっていた。

「百万人以上が参加した」と報じられた。「六月民主抗争」と呼ばれる一九八七年六月のデモ以来、最大の規模だという。六月民主抗争については、映画『１９８７、ある闘いの真実』（二〇一七年）で知った人も多いだろう。

エピローグ「78年生まれ、J」にも出てくるが、私がこの時思い出したのも、二〇〇二年のワールドカップだった。日韓で開催された大会だったが、私はこの年初めて韓国に留学し、Jさん、つまり著者のチョ・ナムジュさんと同じように、光化門で観戦した。その時の人の多さ、熱狂は忘れられない。

一年だけの語学留学、のつもりが、結局三度も留学し、今（二〇二〇年四月）に至るまで計五年韓国で暮らしている。二〇〇二年に味わった韓国は「ダイナミック」だった。日本で暮らしていて「時代が音を立てて動いている」と感じたことはなかった。二〇〇二年だけでも、ワールドカップ韓国ベスト4のみならず、様々な出来事があった。

特に記憶に残るのは、米軍の装甲車に女子中学生二人が轢かれ、死亡する事件が起こった時。若い命が米軍の犠牲になったことに多くの韓国の人が怒り、悲しむ姿を見て、沖縄の米軍基地問題に対する多くの日本人の無関心とのギャップを感じた。追悼と抗議の意味のろうそく集会が始まったのもこの頃だ。韓国人の友達が「マクドナルドはアメリカのものだから、行かないことにした」と言って、ロッテリアに行くのにも驚いた。二〇一九年、日本が韓国に対して行った輸出規制に怒り、日本製品不買運動が起こったのも同じ脈絡だろう。

二〇〇二年の暮れの大統領選挙では、革新系の盧武鉉《ノ・ムヒョン》が当選した。保守系の李会昌《イ・フェチャン》が有利と見られたが、韓国では保守系は親米の傾向がある。逆転の要因の一つは装甲車事件だろう。のちにソン・ガンホ主演の映画『弁護人』（二〇一三年）のモデルともなる、人権派弁護士で知られた盧武鉉は、米軍への怒りを代弁する象徴だったのかもしれない。韓国の人たちは、政府や世界に向かって積極的に「NO！」を突きつけ、その力で世の中を変えてきた。二十歳《はたち》の私にとってはすべてが新鮮な体験だった。

「浪人の弁」は二〇一六年のろうそく集会に参加する高校生の話だ。私は二〇一六年十一月の入試の時だけでなく、二〇一七年三月の新学期に合わせて二月半ばに韓国へ来た後も、ろうそく集会に参加した。ろうそく集会は毎週土曜の夕方から開かれ、高校生も多く参加していた。高校生にとっても他人事《ひとごと》ではないのだ。それは、二〇一四年のセウォル号沈没事故で多くの高校生が亡くなったこととも関係がある。事故では修学旅行中の高校生を含む二百九十九人が死亡、いまだに五人は行方不明のままだ。

朴槿恵前大統領に対する不信、不満のきっかけを作ったのは、セウォル号事故だろう。私は事故の翌日から韓国へ出張し、現場近くの珍島《チンド》で取材した。政府の発表は二転三転し、現場で見聞きすることと韓国の大手メディアが報じる内容も違った。

いくつかの奇妙な体験もした。例えば救助された人たちが搬送された木浦《モッポ》の病院へ取材に行った時のこと。そこにいたのは韓国メディアばかりで、海外メディアは朝日新聞の私一人のようだった。病院の職員にこっそり呼び出され、別室で目にしたのは、いち早く避難した船長が港で応急手当を受け、毛布にくるまって出ていく映像だった。救護に駆け付けた病院関係者が撮ったらしく、まだどこにも出ていない映像だ。「特ダネ」のはずだったが、病院側が私たちの動きに気付き、その場にいた全メディアに同時に動画ファイルが配られることになった。

なぜ病院側はいち早く映像を公開しなかったのか、なぜ病院の職員は初対面の私だけに未公開の映像を見せたのか。いまだによく分からないが、後に、セウォル号事故に関して政府が報道に介入していたことが明らかになっている。何をそんなに隠したかったのか、現場にいた一人として、理解不能だった。

珍島での取材を終え、帰国前にソウル支局長に会った瞬間、思わず口をついて出た言葉は「私の知らない韓国でした」だった。二度も留学して、韓国を少しは知っているつもりだった。セウォル号事故の取材で経験した韓国は、「こんな国だった？」と驚くことの連続だった。よく考えれば、私が留学したのは金大中《キム・デジュン》政権から盧武鉉政権にバトンタッチした二〇〇二～〇三年と、やはり盧武鉉政権だった二〇〇五～〇六年だ。政権によって大きく変わる国だというのを二〇一四年になってやっと実感した。

とにかく、韓国の人たちは、セウォル号事故の救助に失敗し、隠蔽しようとした朴槿恵政権を放っては置かなかった。「崔順実《チェスンシル》ゲート」など、他にも退陣を求める要因が重なり、ついに二〇一七年三月十日、朴槿恵前大統領の弾劾が宣告された。三度目の留学生活はこんな時期に始まった。

ろうそく集会だけではない。文在寅《ムン・ジェイン》政権下でも、韓国の人たちは声を上げることを止めない。「声を探して」「調理師のお弁当」などにも出てくるストライキもその一つだろう。「ストライキ」という言葉は、私にとっては教科書に出てくる言葉だった。雇用側に対して、労働者が労働を行わないで抗議すること。過去にそういうこともあったらしい、という認識だったのが、韓国では現在も活発に行われている。

「声を探して」に出てくるのは、放送局KBSやMBCのストライキのようだ。私自身が異変に気付いたのは、二〇一七年九月ぐらいだったと思う。車の中でラジオを聴いていたら、ひたすら音楽だけが流れ、パーソナリティーの語りが一切ない。なぜかと思ってニュースを検索してみたら、ストライキ中ということだった。

ストライキの目的は、賃金など労働条件にかかわること、というイメージがあったが、KBSやMBCのストは違った。ドキュメンタリー映画『共犯者たち』（二〇一七年）を見た人なら、この背景を知っているかもしれない。

二〇〇八年、李明博政権がスタートして間もない頃から、政権に批判的な報道への介入が始まった。『共犯者たち』を製作したメディア「ニュース打破《タパ》」のキム・ヨンジン代表にインタビューしたことがあるが、KBS出身のキム・ヨンジン代表もまた、李明博政権を批判する報道をした結果、左遷された一人だ。まともに報道に携われない立場に追いやられた、あるいは解雇されたKBSやMBC出身者が中心となって作ったメディアが「ニュース打破」だ。セウォル号事故の時には大手メディアが政府の介入を受けてまともに報道できない中、「ニュース打破」は現場で起こっている事態をそのままストレートに報じ、視聴者が一気に増えた。

一方、放送局に残った人たちはストライキという形で、抗議行動に出る。二〇一七年のKBSとMBCのストは、前政権（朴槿恵政権）の息のかかった社長の退陣を求めるものだった。

知り合いにもストに参加したプロデューサーがいたが、「賃金のためのストじゃない。報道の自由を守るためのスト。子どももいるから、家計を考えるとストを続けるのは苦しいが、退陣するまで続ける」と話していた。結局、ＫＢＳもＭＢＣも、社長を退陣に追い込み、ストを終えた。

報道の自由のために闘う韓国の人たちはかっこいい。だが、「声を探して」を読んでも分かるように、その裏では収入が途絶え、家庭の不和につながることもあるだろう。仕事を離れるというのは、収入の面だけでなく、「復帰して以前のように働けるだろうか」という不安を伴うものだ。美談だけではない。

日本ではどうだろう？　ストライキという形はともかく、メディアに所属する人たちが、報道の自由を守ろうとどれだけ闘っているだろうか。自省も込めてだが、ほとんど闘っていないに等しいのではなかろうか。韓国ほど露骨な介入もないのに、自主的に政権におもねっているように感じる。

「調理師のお弁当」に出てくる「全国学校非正規労働組合」のストライキは、個人的にはもっと身近なものだった。同じ組合のストではないかもしれないが、学校で働く非正規雇用の労働者たちがあちこちでストを起こしていた。二〇一八年二月、私が通うソウルの東国大学でも、清掃が行われなくなった。清掃労働者が大学側に直接雇用を求めるストライキを起こしたのだ。ゴミ箱のゴミがあふれ返り、トイレは日に日に汚くなる。できるだけ大学に行きたくない、用が終われ　ばすぐに出たい、と思うほどだった。清掃がいかに大事な仕事かというのを身をもって知った。ストは八十六日間続き、大学側が直接雇用することに合意し、終了した。

二〇一九年秋にも、ストライキに巻き込まれた。映画のロケ地取材のために大田《テジョン》に行った時のことだ。取材を終えてＫＴＸ大田駅に戻ると、切符販売の窓口に行列ができていた。ストで運行本数が減っているうえ、運行スケジュールも大幅に乱れていた。「今日中に戻れるだろうか？」と焦る気持ちで並んだが、買えたのは三時間後に出発予定の切符、それも必ず出るとは限らないという説明だった。不安な気持ちで駅のカフェで待ち、なんとかその日のうちには戻れた。地下鉄やバス、タクシーなどのストもあり、影響を受けることは少なからずある。周りの韓国の人たちを見ていると、あまり動揺した様子もなく、受け入れているようだ。「他人に迷惑をかけない」ことが最も大事なことのように教わる今の日本では、受け入れがたいのではなかろうか。

一方、ろうそく集会の「成功体験」は、#MeToo運動にもつながったように思う。二〇一七年二月に韓国へ行ってすぐから、気になっていた本があった。いつも書店のベストセラーの棚にある『82年生まれ、キム・ジヨン』。私自身が八二年生まれということもあり、どんな小説なんだろうと思いつつ、実際に手にしたのは二〇一八年、韓国で#MeTooが本格化してからだ。

言わずもがな、だが、『82年生まれ、キム・ジヨン』は、『彼女の名前は』の著者チョ・ナムジュさんの作品だ。韓国では二〇一六年に発売され、#MeToo以前からベストセラーだった。「フェミニズムの小説」として、#MeTooで再び注目を集めているタイミングで読んだが、八二年生まれの私が日本で経験してきたのとは少し違うと思った。後に、日本で大きく共感している世代を見ると、私よりも十歳ほど上の世代が多い気がした。日韓で女性の地位に関して十年ほどのギャップがあったのかもしれない。

だが、それは二〇一八年の#MeTooで大きく変わった。世界的に広がった#MeTooだが、日本では無風に近かった。一方の韓国では社会がひっくり返るほど各界の大物が続々告発された。

世界経済フォーラム（ＷＥＦ）が発表した二〇一九年の「ジェンダー・ギャップ指数」を見ると、調査対象国百五十三カ国のうち、日本は百二十一位で、前年百十位から下落した。一方、韓国は百八位で、前年の百十五位から上昇し、日本を追い抜いた。男女平等の度合いを示す指数だが、私の実感としても、二〇一八年を境に、日韓は逆転した。

『彼女の名前は』は、韓国では二〇一八年五月に出版された。著者が女性たちにインタビューをしたのはそれ以前ということだ。#MeTooによる変化までは反映されていない部分もあり、「今の韓国では、あまりないのでは」と思うような話もある。

例えば「彼女へ」に出てくるような、女性アイドルにバラエティー番組などで「愛嬌」を求めること。愛嬌という言葉では済まないような、セクシーなポーズやダンスを求められ、それに応じる、ということが以前はあった。視聴者の中には不快に思っていた人も少なくないようだ。最近見なくなったのは、#MeToo以降、批判の対象になると放送局も自覚しているのだろう。

二〇一八年夏、私は外国人記者の討論番組にレギュラーで八回出演した。事前には「自前の服装でもいい」と聞いていたが、行くと当然のように毎回衣装が準備されていた。一度は膝上十センチくらいの、私にとっては超ミニスカートだったこともある。内心嫌だったが、断れずに着てしまった。上半身しか映らないので関係ないといえばないのだが、出演陣や制作陣の前で恥ずかしかったのを覚えている。

記者の私ですらそうなのだから、アイドルがテレビ番組で何かを求められた時には普通は断れないだろう。そう考えると、思い当たることが一つある。韓国の気象キャスターの服装だ。日本ではあまり気になったことがなかったが、韓国ではこれでもかというほど体のラインを強調するようなピチピチのワンピースや露出の多い服装が多かった。今もその傾向はあるが、やはり#MeToo以降、少しましになった。

#MeToo以前に、このことを一緒にテレビを見ていた韓国人男性に指摘したことがある。「なんで天気の情報を伝えるのに、あんな格好をさせられるのか。天気が知りたいだけなのに不快で見てられない」と言うと、四十代の男性は「あれで視聴率をとっているんだから、しょうがない」と言った。おそらく、番組のプロデューサーも四十代くらいの男性だろう。明らかに男性の発想だと思った。視聴者の半分は女性と思われるが、女性が不快に思うとは考えもしないのか、と呆れた。#MeToo以降少しましになったのは、女性視聴者の反応を考えざるを得なくなったのだろう。

最も大きく変わったのは、会食が減ったことだ。会社の上司や同僚、取引先などと飲みに行くことが激減したようだ。実際、#MeTooで告発されるようなセクハラや性暴力は、多くがお酒の席や、その後に起こっていた。「酔っ払って体を触ってきた」と告発され、解雇された例も身近にあった。ニュースでは著名人が告発されたケースばかりが報じられたが、著名でない一般人たちもたくさん告発され、厳しい処分を受けた。それゆえ、会食そのものが減り、女性社員は呼ばずに男性社員だけで会食をするというような、おかしな現象も見られた。

うれしい変化は、セクハラになりうる発言を、誰かが注意してくれるようになったことだ。「それは#MeTooにひっかかりますよ」という風に誰かが冗談めかしてでも止めるようになり、不快なことを言われるのは本当に減った。

とはいえ、本質的にはそんなにすぐに変わるはずがない。多くは「告発されないようにする」という意味で気を付けるようになっただけで、むしろ女性への敵対心が増したという男性も少なからずいた。男女が互いに尊重し合い、一緒に幸せになるための #MeToo のはずが、残念ながら男女敵対の構造を生んだのも事実だ。

#MeToo の広がりに伴って、盗撮を糾弾するデモも行われるようになった。韓国では盗撮事件が非常に多い。私が通う東国大学でも、過去に盗撮事件があった。大学内の女性トイレで撮られた動画がオンライン上で広がり、警察が捜査しているというニュースを見た。誰も気付かないような小さなカメラで撮られることが多く、トイレの中に小さな穴のようなものが見えると、カメラかもしれないと、不安になる。

ＩＴ大国・韓国の負の側面だろう。デジタル性犯罪は、後を絶たない。二〇二〇年三月にも、「n番部屋事件」と呼ばれる事件が、新型コロナに次ぐニュースとして、連日報じられた。わいせつ動画をアプリを通して共有していたのだが、その利用者は推定二十六万人という。被害者の数も非常に多く、未成年も多く含まれていた。#MeToo で改善されたことも多いが、本質的にはなかなか変わらない例の一つだ。

個人の価値観も、すぐに変わるものではないだろう。韓国では日本以上に世代間で価値観のギャップが大きいと感じる。それは、経済発展を含め、短い期間で大きな変化を経てきたためでもある。

私たちの親世代は、まだまだ「結婚するのが当たり前」と思っている場合が多く、親からの結婚のプレッシャーは、日本の比ではないようだ。つい先日も、同世代の女友達が、「家にいるのが辛い」と言って、私の家に逃げて来た。新型コロナの影響で数カ月会っていなかった友達で、「久しぶりに遊びに行く」ということだったが、会って話を聞くと、結婚に関して親と衝突したようだ。ちょうどその週末は従妹《いとこ》の結婚式を控えていたのもあり、父親がお酒に酔って「娘を育て間違った」と泣いたという。友達は姉がいるが、姉も結婚していない。「結婚式に行けば、また自分たち二人が結婚していないことを親戚からとやかく言われる」と、今にも泣き出しそうな顔だ。結婚式のようなおめでたいはずの場が、誰かにとっては拷問のように思えるというのは悲しいことだ。

韓国では旧盆や旧正月、法事など、親戚が集まる機会が多く、そのたびに結婚していない友人たちは「行きたくない」「憂鬱だ」とぼやいている。結婚しても幸せじゃない、または、結婚しなくても幸せなケースはいくらでもあるのに、親世代の価値観はなかなか変わらないようだ。

結婚・離婚をめぐっては、「離婚日記」「結婚日記」「母の日記」の三つの話が、同じ家族の話だった。結婚して間もなく離婚した姉（「離婚日記」）、姉の離婚直後に結婚した妹（「結婚日記」）、その姉妹を見守る母（「母の日記」）だ。

実は私も、韓国人男性と結婚して離婚した経験がある。離婚の原因の一つは、姑との関係もあった。「離婚日記」を読んでいて、ぼんやり当時を思い出した。姑も嫁だった経験があるから気持ちが分かるはずなのに、と思うのだが、「息子のための嫁」としか見てもらえない悲しさ。韓国では日本に比べて他人との距離感が近い。すぐに親しくなれる、面倒見がいい、というプラスの面もあるが、逆にプライベートを守るのが難しいと感じることもある。友達でもそうだから、家族はもっと、だ。「離婚日記」にあるように、予告なしに姑が家に来るのはよくあることだろう。冷蔵庫をチェックし、おかずを作らずに買って食べていることを非難された時の気持ち、痛いほど分かる。「それぐらいで離婚?」と思う人もいるだろう。だけども、そういう気持ち悪さを抱えて結婚生活を続けるのは、他の誰でもなく、本人だ。

私自身、結婚も離婚も後悔していない。記者の職業病かもしれないが、「貴重な経験をした」と本気で思っている。が、母は違った。離婚直後に笑いながら、いい経験だったと言ったら、泣きながら「お母さんがどんなに心配したと思ってるの」と怒られた。母になったことがないので、「母の日記」の母の気持ちは、あの時の私の母を思いながら読んだ。

なかなか変わらない部分もあるが、ろうそく集会や#MeTooを経て、女性が声を上げやすくなったのは間違いない。日本では#MeTooは無風に近かったと書いたが、お隣の国韓国で巻き起こった#MeTooと、『82年生まれ、キム・ジヨン』が、風を吹かせ始めたように思う。特に、フリージャーナリストの伊藤詩織さんの件で、そう思った。刑事事件は不起訴になったが、望まない性行為で精神的苦痛を受けたとして損害賠償を求めた民事訴訟では、二〇一九年十二月、勝訴した。韓国からの風が、少しは影響したような気がする。

『82年生まれ、キム・ジヨン』が日本で売れているというニュースは、韓国にも伝わっている。「なんで#MeTooは盛り上がらない日本で、キム・ジヨンは売れるの?」という質問を何度か受けた。それこそ、日本の女性たちが我慢している証拠だと思う。『彼女の名前は』に登場する年齢も職業も多彩な韓国の女性の話は、きっとまた共感を生み、声を上げる勇気につながるだろう。悩んでいるのは、あなた一人じゃない。そんなJさんのメッセージが聞こえてくる。

略歴

著者　チョ・ナムジュ　1978年ソウル生まれ、梨花女子大学社会学科を卒業。放送作家を経て、長編小説『耳をすませば』で文学トンネ小説賞に入賞して文壇デビュー。2016年『コマネチのために』でファンサンボル青年文学賞受賞。『82年生まれ、キム・ジヨン』で第41回今日の作家賞を受賞（2017年8月）。大ベストセラーとなる。2018年『彼女の名前は』（タサンチェッパン）、2019年『サハマンション』（民音社）、2020年『みかんの味』（文学トンネ）刊行。日本では、二〇一八年に、『82年生まれ、キム・ジヨン』（斎藤真理子訳、筑摩書房）が刊行されている。『サハマンション』は斎藤真理子訳で筑摩書房から二〇二一年に刊行予定。アンソロジーでは『ヒョンナムオッパへ』（斎藤真理子訳、白水社）に収録されているほか、『完全版　韓国・フェミニズム・日本』『小説版　韓国・フェミニズム・日本』（河出書房新社）に小山内園子、すんみ訳で作品が収録されている。

訳者　すんみ　早稲田大学大学院文学研究科修了。訳書に、『あまりにも真昼の恋愛』（キム・グミ、晶文社）、『屋上で会いましょう』（チョン・セラン、亜紀書房）、共訳書に『北朝鮮　おどろきの大転換』（リュ・ジョンフン他、河出書房新社）、『私たちにはことばが必要だ』（イ・ミンギョン、タバブックス、小山内園子と共訳）などがある。

訳者　小山内園子（おさない・そのこ）　東北大学教育学部卒業。NHK報道局ディレクターを経て、延世大学などで韓国語を学ぶ。訳書に、『韓国の自然主義文学』（姜仁淑、クオン）、『ほのぼのみたいに生きられたらいいのに』（キム・シンフェ、竹書房）、『四隣人の食卓』（ク・ビョンモ、書肆侃侃房）、『女の答えはピッチにある』（キム・ホンビ、白水社）、共訳書に『北朝鮮　おどろきの大転換』（リュ・ジョンフン他、河出書房新社）、『私たちにはことばが必要だ』（イ・ミンギョン、タバブックス）などがある。

解説者　成川彩（なりかわ・あや）　韓国在住映画ライター。1982年、大阪生まれ。神戸大学在学中に2度ソウルへ留学し、韓国映画の魅力にはまる。2008~2017年、朝日新聞記者として文化を中心に取材。退社後、2017年からソウルの東国大学映画映像学科（修士）へ留学し、韓国映画を学びながら、朝日新聞GLOBE+、中央日報（韓国）など日韓の様々なメディアで執筆。2020年からはKBS WORLD Radioの日本語番組「玄界灘に立つ虹」で韓国の本や映画を紹介している。

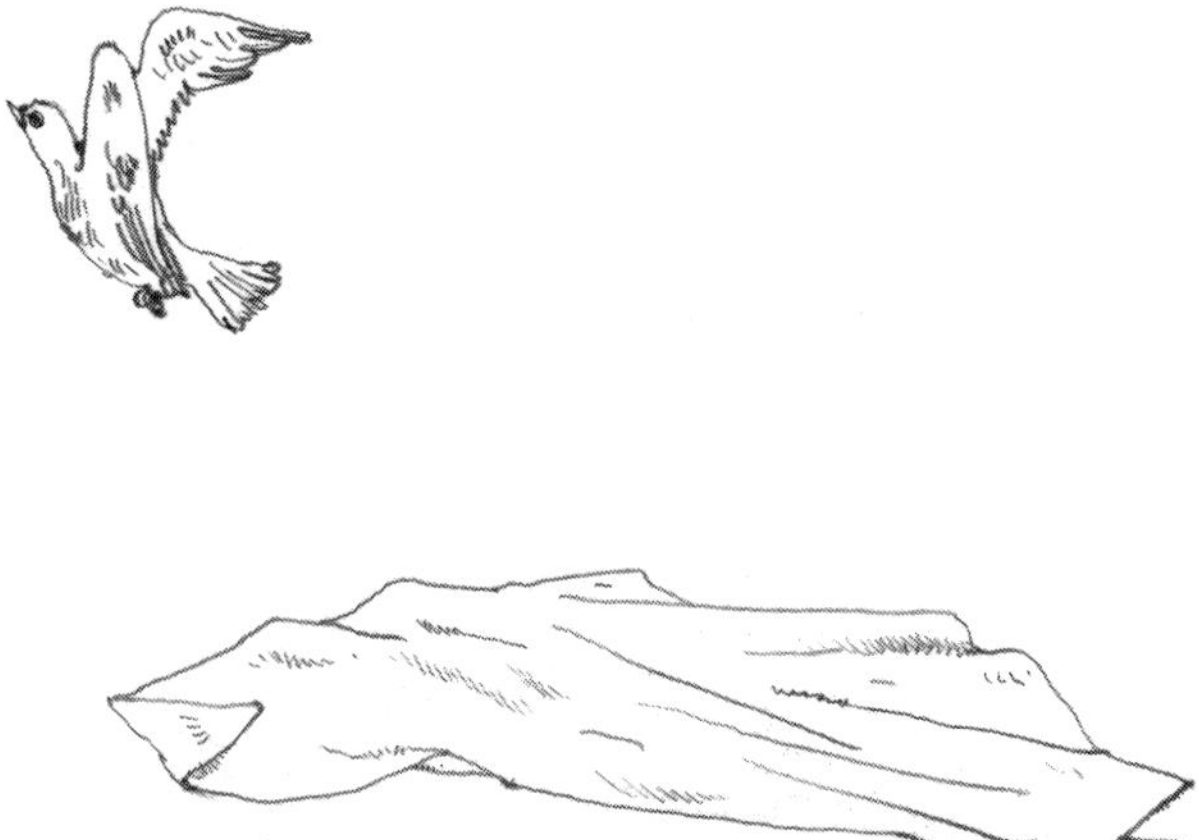

彼女《かのじょ》の名前《なまえ》は

二〇二〇年九月二十日　初版第一刷発行
二〇二一年三月　十　日　初版第二刷発行

著者　チョ・ナムジュ
訳者　小山内園子
すんみ

発行者　喜入冬子
発行所　株式会社筑摩書房
東京都台東区蔵前二―五―三　〒一一一―八七五五
電話番号　〇三―五六八七―二六〇一（代表）
印刷 製本　中央精版印刷株式会社

ISBN978-4-480-83215-3 C0097